当代中国小说榜

黑暗的心

（英）约瑟夫·特奥多·康拉德·科尔泽尼奥夫斯基 著

刘　彤译

中国文联出版社

图书在版编目（CIP）数据

黑暗的心 / （英）约瑟夫·特奥多·康拉德·科尔泽
尼奥夫斯基著；刘彤译 . -- 北京：中国文联出版社，
2021. 3（2023. 3 重印）
　ISBN 978 - 7 - 5190 - 4496 - 1

　Ⅰ. ①黑… Ⅱ. ①约…②刘… Ⅲ. ①中篇小说—小
说集—英国—近代 Ⅳ. ①I561. 44

　中国版本图书馆 CIP 数据核字（2021）第 039674 号

著　　者　　（英）约瑟夫·特奥多·康拉德·科尔泽尼奥夫斯基
译　　者　　刘　彤
责任编辑　　刘　旭
责任校对　　冀爱芳
装帧设计　　中联华文

出版发行　　中国文联出版社有限公司
地　　址　　北京市朝阳区农展馆南里 10 号　　邮编　100125
电　　话　　010 - 85923025（发行部）　　85923091（总编室）
经　　销　　全国新华书店等
印　　刷　　三河市华东印刷有限公司

开　　本　　880 毫米×1230 毫米　　1/32
印　　张　　6
字　　数　　74 千字
版　　次　　2023 年 3 月第 1 版第 2 次印刷
定　　价　　58.00 元

———— 出版说明 ————

　　译者就康拉德《黑暗的心》这部作品已经研习多年，从原作到译注，研究过许多版本中外书评，也写过许多。每一次学习，比较，都有进一步的认识，感觉作者思想深刻，作品内容充实，生动，逼真，耐人寻味。本着尊重原著，多方考量，尽可能接近作者的初衷，笔者斟酌字句，通篇审度，完成了译著。希望同读者共同鉴赏大师的作品，提高学养，深入理解文本内涵，反复咀嚼，津津乐道。

序

　　康拉德是一位著名的波兰裔英国作家。在他的作品中，《黑暗的心》是其中最伟大的一部小说，基于他1890年刚果之行的经历。在任何有关海洋及海事法规的文学作品中，它都首屈一指。在文学生涯之前，康拉德作为一名海员为欧洲国家的几家航海机构服务。在他那个年代，评论家经常把他称作海洋小说家。《黑暗的心》，可能是他最著名的一部作品。《黑暗的心》不仅注重航海法则，而且真正具有19世纪欧洲帝国制度风貌。最重要的是本书控诉了帝国主义对海外土地的掠夺和对人民的剥削，昭示了帝国代理人本身的空虚和疯狂。如同大部分20世纪前几十年的最佳现代主义文学作品，《黑暗的心》的主题是有关对帝国主义的困惑和深深的质疑。

康拉德几乎不知道有一天他会成为 20 世纪最伟大的小说家之一。他生于 1857 年 12 月 3 日,一个俄罗斯帝国占领的波兰小城——别尔基卓夫(今乌克兰日托米尔州别尔季切夫)他是画家兼作家阿波罗科兹尼奥夫斯基(1820—1869)。维克多·雨果和威廉·莎士比亚作品的译者的独生子。他的父母都是拥有大量土地的贵族,波兰的爱国者,对俄罗斯,普鲁士和奥地利侵入并占领祖国波兰的部分土地的行为极其愤慨。俄罗斯帝国官方逮捕了他的父亲并放逐他到俄罗斯郊野地区,当时康拉德只有四岁。凄苦的环境和严酷的气候夺走了康拉德父母的生命:他们双双染上了肺结核,埃维利娜死于 1865 年,阿波罗死于 1869 年。其中在康拉德青年时代最发人深省的经历是在克拉科夫纪念国家殉国者的大型葬礼进程中跟随在父亲的灵柩之后。他被送到母亲在瑞士的叔叔塔德乌斯·博布罗斯基那里,对他的一生继续产生着重大的影响。

根据一个不知名的作家写的浪漫小说所言，他本可以继续他父亲未完成的事业，领导波兰人民争取自由，但是康拉德选择了不同的生活和目标。康拉德进入克拉科夫学校，并说服叔叔让他航海。作为19世纪的一青年，他想象海员生活能够薪水丰厚，充满冒险，实现个人理想。在19世纪70年代中期他加入了法国商船作为学徒，于1875和1878年间在西印度群岛三次航海出行。法语成为他的第二语言。

　　在一场决斗中，或许是自杀，胸部被射伤之后，康拉德被迫离开法国商船，在英国商船继续航海生涯16年。英国商船给予他优厚的待遇。他航行到新加坡、马来西亚、婆罗洲、东印度群岛的其他地方，以及澳大利亚。康拉德从普通船员晋升到一级水手，于1886年获得了船长资格证，指挥自己的船舶奥塔哥。同年他成为英国公民，并正式更名为约瑟夫·康拉德。当年，他改善了他的英文。没有这一重要的进程，他将永远不会成为用英语写作的小说家。

　　出于当时处境的原因，康拉德在他多年的英国船队航海的最重要一次冒险是比利时公司 1890 年的一次特殊安排。他在非洲沿刚果河航行。这次航行为他创作小说《黑暗的心》提供了丰富的素材，刚果河经历以及康拉德作为海员的大量记录成为评论来源。1894 年他放弃了海洋生活定居英国。用"约瑟夫·康拉德"的笔名，他开始出版故事及小说，以异国地域及海洋作背景。1895 年出版的《奥尔迈耶的愚蠢》是其第一部基于他个人经历写成的关于马来半岛上欧洲被放逐者的小说。1897 年的《"水仙号"上的黑水手》是关于詹姆斯维特的，他作为船上唯一一名垂死的黑人，博得其他船员的同情并谴责了这次错误的海航冒险。1902 年，《黑暗的心》基于康拉德带领比利时汽船在刚果河上短暂的经历写成。事实为康拉德被派往刚果河的内陆站去营救一名名为乔治斯 - 安东尼克雷思的公司代理人，几天之后他死于船上。这个故事由查理马洛———一名海员来讲述，通过一名未知身份的旁听叙述者的思考过滤完成的。它一方面是关于到比利时统治下的刚果中心的旅行，另一方面记述了个人的心路历程。

它首次以连载的形式于1899年发表于伦敦布莱克伍德杂志，该杂志当时非常畅销。这部小说被一些思想深邃的维多利亚读者所接受，自此为许多人视为最优秀的英语短篇小说。"仅《黑暗的心》一部小说足以使康拉德作为一名著名作家声名永久（瓦特斯1982：34）。"大卫梅尔德伦，布莱克伍德伦敦代理兼《青春———一篇叙事，及其他两个故事》的出版人认为"《黑暗的心》是我们（布莱克伍德）自乔治艾略特以来出版的最优秀最著名的小说（瓦特1979：132）。"此后，康拉德又发表了许多作品，共写了13部长篇小说、28篇短篇小说和两篇回忆录。

在20世纪早期及后来许多评论家把康拉德作为海洋小说家。康拉德个人反对这种归类。他离开祖国波兰成为一名海员，他的英文故事和小说经常基于海洋经历。然而，公众的目光只注重外在，仅仅事实本身，如船只、旅行，而没有注意它们所拥有的任何更深层的意义，对此康拉德很困扰。他认为在航海戏剧中特定环境下海洋塑造的角色如一面镜子，——在某种程度上一定揭示角色本身的面目。航行了长长的地理的距离，个人的及职业生涯的不断深入，康拉德成为了一名成功的作家，反之，他希望他的读者不要低估他的旅程。

目录

I

　　"奈利"号巡洋舰抛下锚，没有挂帆，正在休息。水涨了，风平浪静，船被困在河里，唯一能做的事就是等待退潮。

　　泰晤士河的入海处如冗长的河口，在我们面前延展。海天即将交融在一起，没有边界，在一片波光粼粼的河面上，驳船的黄褐色风帆随着潮水飘动，静静地伫立在尖尖的红帆之间，涂漆的斜撑帆杆闪闪发光。烟雾笼罩在海中渐渐消失的低岸上。格雷夫森德上空的空气是凝重的，在更远处变稠了，形成一片令人悲伤的灰暗，在地球上的这个最伟大的城市上空徘徊不去。

　　公司主任是我们的上尉和主家。我们四个热切地望着他的背，此时他站在船头，朝海的一边望去。整条河上没有比他更具有航海特色的了。他像个领航员，对海员来说是一个值得信赖的人。很难想象他的工作不在那灯火通明的河口，而是在他身后的一片挥之不去的昏暗中。

如我先前在某个地方说过，我们之间存在海洋这个纽带。经过长时间的分离，它使我们的心聚在一起，并且使彼此容忍各自的故事——甚至信念。律师——老伙计中最好的，由于航海多年且德高望重，在甲板上拥有唯一的衬垫，并躺在唯一的一小块地毯上。会计拿来了一整盒多米诺骨牌，用它搭摆着。马洛就盘腿坐在船尾，倚在后桅杆上。他有着深陷的双颊，黄皮肤，直直的后背，一副苦行僧的样子，双臂垂着，掌心朝外，像一尊神像。主任对于锚抓得很紧表示满意，向船尾走来，并坐在我们中间。我们慵懒地聊上几句，此后船上一片寂静。由于这样或那样的原因，我们没有玩多米诺骨牌。我们似乎在冥想，什么都比不上静静地凝视。这一天在平静安详的美景中度过。静谧的河水泛着光，天空没有一粒尘埃，广袤无垠，温暖和煦，在埃塞克斯湿地上空的薄雾，如同纱一般熠熠闪光的织物，挂在生长着树林的内陆，将低低的岸边覆盖在一片半透明的朦胧之中。只有通向西边的昏暗，在上游徘徊不去，每分钟都变得更加忧郁，仿佛为阳光的到来而感到愤怒。

最终，太阳呈弧线状，渐渐地西沉了，从发光的白色变成昏红色，没有光束，没有热量，仿佛突然消失，笼罩着人群，在挥之不去的昏暗中一下子褪去。

此时，宁静的河水发生了变化，不再那样光彩，而是更加幽深。黄昏时分，古老的河流在它的入海口处风平浪静，多年尽心服务于它两岸繁衍的种族，在一片宁静庄严的气氛中，水道延展开来，通向大地的尽头。我们望着凝重的潮水，这潮水来来回回涌动地奔流不是短短的一天，它曾经的光辉在记忆中永存。实际上对于一个用敬畏和爱"追随海洋"的人来说，很容易唤起对泰晤士河下游一带的思古之情。潮涨潮落，永不停息，涌起了无数它所孕育的安宁人家和海上战斗的人与船的记忆。它了解并服务于所有国家为之骄傲的人，从弗朗西斯·德雷克爵士到约翰·富兰克林爵士，所有的骑士，不管是有头衔的还是无头衔的，都是海洋上最伟大的漂流侠客。它运载的船只名字如夜晚闪光的珠宝，从伟大的神话中流传下来的女王陛下参观的侧翼装满珠宝的"金鹿"号到与其他征服相关的"埃里伯斯"号与"恐怖"号——它们再也没有回来。它了解这些船只和人。这些遇险者和移民，从德特福德、格林尼治、艾利斯航行，有国王的船和生意人的船，有上尉、舰队司令、东部贸易的黑色闯入者以及现役的东印度舰队的将军。寻金者或沽名钓誉者都来自这条河流，通常手持利剑，举着火炬，是这片土地上权力的信使、圣火火花的传送者。还有什么样的伟大不曾漂浮在这条退潮到未知神秘土地的河流之上呢！……人们的梦，联邦的种子，帝国的起源。

太阳落下去了，黄昏笼罩着河流，灯光在沿岸出现。查普曼灯塔，一个三脚架样的东西矗立在一个泥台上，发出强烈的光。船上的灯，星星点点在航道上移动，飘忽不定。在更远的西边，巨大的城镇所处的上游地带，天空透出不吉利的光，久久的昏暗徘徊在阳光下，在星光中发出血红色的强光。

马洛突然说："这也曾是地球上最黑暗的地方之一。"

他是我们中唯一仍然"追随海洋"的人。可以说，他最糟糕的是不能代表他的阶层。他虽是一个海员，但还是一个流浪者，而大部分海员过着安稳的生活，如果可以这么说。他们的心绪是一种居家的感觉，而他们的家——船舶，总与他们在一起；他们的国家——海洋，也是一样。船只彼此非常相似，海洋也是一样。在他们永恒不变的环境中，异国的堤岸和脸孔，变幻莫测的生活，过往流逝，不是被一种神秘感所笼罩，而是略带一些轻蔑的无知。对于海员来说，除了海洋本身，其存在的主人和命运之神，没有什么东西是神秘的；对于其他人来说，工作之余，在岸上漫不经心地闲荡或者狂欢，足以使他揭开整个大陆的秘密，通常他发现这些并不值得了解。海员的叹息有着一种直白的简单，其全部意义存在于被打碎的坚果壳内。而马洛并不典型（如果他讲故事的癖好除外的话），对于他来说，一个片段的意义似乎不是包在果壳里面，而是体现于外，封缄着故事，仅仅像一束光带来的烟雾，如其中一片朦胧的月晕不时地被月亮的光谱照射出来一般。

他的评论似乎并不令人惊奇，就像他的人一样。他的话在一片静默中被接受，甚至没有人劳烦去抱怨，过了一会儿，他娓娓道来：

"我想起了那遥远的时期，1900 年前，当罗马人首次来到这里，那一天……光从这条河上升起，自从——你是说骑士的到来？是的，但是它像平原上一团流动的火焰，如云中闪电。我们生活在这道光中，也许会一直这样生活下去，只要古老的地球还在转动，但是昨天这里是黑暗的。想象一下一名优秀指挥官的感受，这对他们来说是多么的不幸——地中海的战船，突然受命待发到北方；他们匆匆穿过高卢族的土地，负责指挥其中一艘小艇，这些军团，原先一定是一群出色的艺手。如果我们可以相信所阅读的书籍，这些船是他们造的，在一两个月中能建造上百只。想象他在这里——世界的尽头，海水如铅那样的颜色，烟青色的天空，一种如六角风琴般坚固的船，在这条河上行驶，载着货物，订购的东西，以及你喜欢的一切。沙堤、沼泽、森林、野蛮人——弥足珍贵的供文明人用餐的食物，只有泰晤士河里的水可供饮用。这里没有白葡萄酒，没有可登陆的码头，到处是荒野中丢失的军事帐篷，很难分辨。严寒、雾气、暴风雨、疾病、放逐以及死亡。死亡潜伏在空气中、水中、灌木中。在这里，他们一定如苍蝇般的垂死。哦，是的——他做到了，做得也非常好！毫无疑问，也没有过多地考虑，除了过后也许自诩在他的时代自己经历了什么。他们是一些足够勇敢面对黑暗的人。他可能为在拉文纳舰队留意机会逐渐荣升而雀跃，为是否在罗马有好友活过了可怕的气候而欢呼，或想象一个体面的年轻人，身着宽袍——你知道可能太多的赌注——乘坐载有精美器物，或者收税者，甚至贸易者的火车出现在这里，来添补他的财物。在树林中的沼泽地，在某个内陆站他感觉到被荒凉，极其的荒凉围绕着——荒野中，所有那些神秘的生活在树林中、在热带雨林中、在野生人群中被唤起。在这些神秘中不存在启蒙。他不得不处于令人憎恶的难以理解之中，似有一种魔力，在他身上奏效，这种卑鄙的魔力——你知道。想象一下日益增加的悔恨，对于逃离的渴望，无力的反感、屈服、憎恨。"

他停下来。

"你知道，"他又一次开始，从臂弯处抬起一只胳膊，掌心朝外，以至他双腿盘在面前，犹如一个佛陀布道的姿势，身着欧式服装，唯独没有莲花——"你知道，我们中没有人会如此真切地感觉到，拯救我们的是效率——对效率的专注。但这些家伙真的不是很可靠，他们不是殖民者。我怀疑他们的管理只是一种压榨，仅此而已。他们是征服者，你想要的，是野蛮的力量——没什么可炫耀的，当你拥有了它——你的力量仅仅是一种偶然，因为是从其他人的脆弱中呈现出来的。他们攫取事先计划好的能得到的东西，这是一场暴力的抢劫，是大范围的屠杀，人们的行为是盲目的——因为对于他们来说，这是恰当的对付黑暗的手段——对地球的征服，绝大多数意味着从那些与我们有着不同肤色、鼻骨略平的人那里去掠夺。当你深入思考时，这不是一件好事，它所挽回的只是观点而已。一个在它背后的观点，不是寓于情感的矫饰，而是一种主张，在这种主张下的一种无私的信仰——你可以为自己确定的东西顶礼膜拜，进而牺牲。"

他又停下来了。河面上灯火跃动，小小的绿色的光、红色的光、白色的光，追逐着、赶超着、合并着，彼此穿插——然后或慢或快地分离。大城市的交通在不眠的河水中、在渐黑的夜色中继续着。我们耐心地观望着、等待着——海水退潮之前没有其他事情可做；而仅仅一段长长的寂静之后，马洛用一种犹豫的声音，又说道："我猜你们这些伙计记得我曾经确实做过短时间的内河水手。"我们知道是命中注定要在退潮开始前听一听马洛的其中一个没有结论的经历。

　　"我不想让你们为我个人经历的事劳神过多，"他开始说，这句话也显示出许多故事讲述者似乎经常不晓得他们的听众最喜欢听些什么的弱点，"然而要想理解它在我身上产生的影响，你们就必须知道我是怎么到的那儿和我所看到的事情，我是如何沿河而上到达目的地。在那儿我第一次遇见了那个可怜的家伙，它是航海的最远端，是我经历中的终极点。它仿佛多多少少给我的行为一种启示，深入吾心；它足够阴郁、凄惨——无论如何都不是离奇的——也有些不可名状。是的，不可名状。然而它似乎是一种启示。

"那时，正如你们记得的，我刚回到伦敦，之前航行过许多地方，如印度洋、太平洋、中国海域——通常是去东方国家——历时六年左右，四处游荡，后来我跟随你们一起工作，并成为你们的家庭成员，就仿佛我得到使命来教化你们。有一段时间我感觉很好，但过了一阵子就厌倦了，我感到无所事事。后来，我开始寻找一条船——我认为这应该是世界上最艰苦的工作，但是那些船只甚至不愿看我，而我对这营生也厌倦了。

"当我还是一个孩子的时候，我对地图近乎痴迷。我会连续几小时不停地寻找南美洲、非洲，或者澳大利亚，使自己醉心于所有的探险的荣耀中。那时地球上有许多未知的地方，当我在地图上看到一处尤其诱人的地方（而它们看起来都那样）时，我用手指着它说：'长大后，我一定去那儿。'我记得北极是其中的一个地方，而我还未曾去过，现在也不想尝试了，它的诱惑力已结束了；其他地方分散在赤道以及南北半球的各个纬度，我已经去过一些地方……好了，我们不谈这些。但还有一处最大的、最空白的版图，也可以说是我一直渴望探寻的地方。

"确实，今天它不再是空白之地。从我少年时代起，这些河和湖的名字就填满了我的记忆，它不再是令人愉悦的神秘土地——一块让男孩辉煌梦想结束的空白的土地，它已成为黑暗之地。其中有一条特殊的河流，一个庞大的水系，你可以在地图上看到，它像一条展开的巨蛇，头在海的一边，余下的身体迂回至远方，流过一片很古老的国土，尾巴消失在深深的内陆。当我在商店橱窗的地图上看它时，它使我着迷，一条蛇要吞并一只鸟——一只愚蠢的小鸟。然后我记得那儿有一个大商行，是坐落于河上的一个贸易公司。去他的！我对自己说，在那么大片的淡水河上，他们不可能不用那种技术进行贸易——汽船！我为什么不尝试负责一艘呢？我沿着佛里特街走着，但挥不去这种念头。这条'蛇'使我着魔。

"你明白它是欧洲大陆的一家商行，就是那个贸易协会，而我还有许多朋友生活在欧洲，他们说那儿省钱，不像看起来那么令人讨厌。

"遗憾的是我得承认我开始讨扰起他们来，这已经不是我的第一次启程，我不习惯用那种方式得到它，你知道。当我有想法的时候，我总是靠自己的双腿去走自己的路。我自己都不能相信，我感觉我一定是被圈套或诡计弄到那儿去的。"因此我讨扰他们。那里的人说'我亲爱的伙计'，之后什么也没做。然后，你能相信吗？我试着找女人去了。我，查理·马洛——安置女人去运作——为了得到一份工作。上帝！好吧，你们看，这种观点驱使着我。我有一个姑妈，她是一个非常热心的人。她写道：'这是一件令人愉快的事情。我愿意去做任何事，为你做任何事。这是一个了不起的想法。我认识一个在行政机关职位非常高的要人的妻子，还有一个非常有影响力的男人。'等等。她决心不辞辛苦地为我游说，让我当上一条内河汽船的船长，如果这是我想要的。

　　"当然，最终我得到了任命，并且很快就得到了这个职位。似乎是公司收到消息，他们的一名船长在与当地人的扭打中丧生了，而这正是我的机会，它使我更渴望去那里。几个月过去了，当我试图找回那名船长的尸体时，我才听说原来争吵始于对几只母鸡的误解。是的，两只黑母鸡。弗莱斯莱温——那个船长的名字，一个丹麦人——认为自己在讨价还价中受了委屈，因此他上岸用一根棍子打村长。听到这件事我一点儿也不奇怪，同时被告知弗莱斯莱温是用双腿走路的人中最温和、最安静的。毫无疑问，他是的，但他在那儿待了几年，从事高尚事业，你们知道，他可能感到有必要用某种方式最终维护一下自己的尊严。因此他无情地痛打了那个中年黑人，一大群村民看着他，震惊极了，直到有个人——据说是村长的儿子——听到老人的叫喊绝望至极，便用一根矛朝这个白人试探地一刺——当然它穿过了肩胛骨。然后全村人都逃到森林里了，预料着要发生的各种各样的灾难；而另一方面，我认为，弗莱斯莱温的汽船也是在极度的恐慌中被命令离开，由船上的机师驾驶着。这之后似乎没有人特别关心弗莱斯莱温的遗体，直到我接替了他的位置，我不能对这件事放任不管；但当最终有个机会让我去见我的前辈时，草已长到了他的肋骨间，高得足够掩住骨头，他的尸骨都在那儿，这个超自然的生命，在倒下后没被碰过。村子荒芜了，草棚裂开黑色的缺口，烂掉了，歪歪斜斜地立在倒塌的圈地里。灾难已经降临到那里，十分确定，人都没了。疯狂的恐惧已在他们中间散布，男人、女人和孩子，穿过灌木丛，他们再也没有回来。母鸡怎么样了我无从知道。无论如何，我认为进步事业得到了它们。然而，通过这件荣耀的事件，在我非常希望开始它之前，我得到了任命。

"我匆匆忙忙如疯子般做着准备，不到两天我就穿过了海峡找雇主面试，并签了合同。才几小时我就来到了这个城市，它总使我想起白色的坟墓。这无疑是偏见。毫无困难地，我找到了公司的办公室。它是城市里最大的建筑，我遇见的所有人都挤在里面，他们要经营海外的帝国，通过贸易赚得数不清的钱币。

"狭窄而荒凉的街道在深深的幽暗之中，高高的房屋，数不清的百叶窗，死一般地沉寂，草从石缝中长出，挤入了左右两侧的四轮马车的拱道，两扇巨型的大门沉重地半开着。我穿过其中一扇打开的门，走上一段清洁没有装饰的楼梯，如荒地一般无趣。打开第一扇门，我走了进来。两个女人，一胖一瘦，坐在带草垫的椅子上，织着黑毛衣。瘦的那个起身朝我走来——眼睛低垂，仍在织着，只有当我开始想给她让路时，如同对梦游者一般，她静静地站在那儿，向上看着。她的长裙如伞布一样朴素，她转过身去没说一句话，走在我前面，带我进入一间等候室。我自报姓名，环顾了一下：饭桌在中央，几把普通的椅子围在墙边；在一边挂着一幅巨型华丽的地图，标记着五彩缤纷的颜色；有一片巨大的红色——任何时候都很显眼，因为人们知道在那里有一些真正要做的工作，分成许多的蓝色，一点点绿色，橘色的涂块。在东海岸，紫色的一块儿表明进步事业的快乐开拓者们在那里快活地喝着储藏的啤酒。然而，我不打算去这上面的任何一处，我想去黄色地带；在正中央，那条河就在那儿——很诱人，是致命的——如一条蛇。噢！门开了，满头白发的秘书出现在我眼前，脸上带着一种怜悯的表情，瘦瘦的食指示意我进入圣厅。灯光昏暗，沉重的写字台卧在中央，从写字台后面走出来一个白皙的、胖胖的、身着工作服的身影。这个了不起的人约有五六英尺高，我断定，掌握着好几百万英镑的资金。他和我握握手，咕哝了几句，我猜，他说的是一路平安。

"大约45秒钟后，我发现自己又在等候室里与富有同情心的秘书在·起了，满怀着悲凉与怜悯，他让我签署了一些文件。我想我承担了一些其他的事情，不揭开任何贸易的秘密，而我并不想这么做。

"我开始感觉有点儿不自在。你们知道我不习惯这样的仪式，并且空气中含有一些不祥的预兆，仿佛我被牵涉进了某个阴谋——我不知道——一些事情不太对，我愿意出去。在外屋，那两个女人仍兴致勃勃地织着黑毛衣。人们来到这里，年轻的那个来回走着引领着他们。而年长的那个坐在她的椅子上，她的平底布鞋踩在一个温脚炉上，一只猫睡在她的膝上；她头上戴着一个白色浆过的东西，脸颊一侧长着一颗疣，银边的眼镜挂在她的鼻尖上。她从眼镜上面看着我，快速、冷漠而平静的眼神让我感到不安。两个表情愚蠢而愉悦的年轻人正被引领，她同样报以快速而漠不关心的智慧的一瞥。她似乎了解他们的全部，也包括我。一种可怕的感觉向我袭来——她仿佛神秘而宿命。在很远的地方我还经常想起这两个人，她们织着的黑毛衣仿若一件温暖的枢衣，一个引介，不停地介绍给未知的人；另一个用漠不关心的老眼仔细审视着一张张快活而愚蠢的脸。万福，黑色柩衣的编织者，我们这些将死的人向你致敬。她看到的这些人中没有几个再见过她——不到一半，远远不到一半。

    "'一个简单的手续，'还要拜访一下医生。秘书向我确定，一副对我有很大的遗憾的表情。于是，一个小伙子戴着帽子，遮在左眼眉上，我猜是某个职员——在交易中一定有职员，尽管这间房子如死亡之城一般沉寂——从某个地方的楼梯走来，带我向前走去。他穿着一件破衣衫，对我漠不关心的样子，夹克衫的袖子上沾满了墨水渍，他的男士围巾大大的、翻起着，在下巴下面形如一只旧皮靴的尖。看医生有点儿太早了，所以我建议喝一杯，由此他变得高兴起来。当时我们坐着喝苦艾酒，他赞美着公司生意，渐渐地我不经意地表达了对于他没去那儿的奇怪。他变得非常冷，并立即收敛了一切。'我并不像看起来那样傻，柏拉图对他的门徒们说。'他说教着，用很大的决心喝干了酒，我们起身。

"老医生为我诊脉，显然这会儿想起了其他什么事情。'很好，对那里来说很好。'他含糊地说，然后怀着某种渴望问我是否愿意让他量一量我的头。虽然非常惊诧，但我还是说可以。他拿起了一个类似测径器一样的东西，得到前后左右各个方位的尺寸，认真地记着笔记。他是一个未刮过脸的小个子，穿着一件旧外套，好像是华达呢，脚上穿着拖鞋，我想他是一个没有危害的傻子。'我总是要求留下来，出于对科学的志趣，去量一量那些去那儿的人的头盖骨。'他说。'当他们回来的时候，也量吗？'我问。'噢，我从未再见到他们。'他评论道，'此外，变化发生在里面，你知道。'他笑着，仿佛开着某种轻松的玩笑。'因此你要去那儿，闻名遐迩，也有意思。'他给了我审视的一瞥，又写了一张纸条。'你家里可有过精神病人？'他问，以一种就事论事的口吻。我感觉很气恼，'那个问题也在科学志趣的范围内吗？''可能，'他说，没有注意到我的愤懑，'对科学感兴趣。来看看个体的大脑变化，现场观察，但……''你是一个精神病医生吗？'我打断说。'每个医生多多少少都应该懂一点儿，'那个怪人镇静地说，'我有一个小小的理论，先生您去那儿一定要帮我证实一下。这是我的国家从这一伟大属地将收获的利益中属于我的一份，是我留给他人唯一的财富。重述一下我的问题，而你是第一个接受我检查的英国人……'我马上向他确定我一点儿都不典型。'如果我是，'我说，'我不会如此跟你谈话。''你说的我听不懂，可能有错误的，'他笑着说，'不要暴露在阳光下，更不要恼怒。再见。你们的英语怎么说，啊？Good-bye。哈！Good-bye。在热带地区人首先要记住的是保持冷静。'他举起食指警告说：'冷静，冷静。再见。'

"还有一件要做的事——与我亲爱的姑妈告别。我发现她欢欣鼓舞。我喝了一杯茶——许多天里最后一杯像样的茶——在一间最具抚慰性的屋了里，正如你所希冀的从女士的画室中看到的——在炉火边我们安静地长谈着。在谈这些知心话的过程中，对于我来说，很清楚，我曾被介绍给高级官员的妻子，天知道除此之外还有多少人，作为一名出类拔萃的天才——对于公司来说是多么的幸运——一个不是每天都能找得到的人。上帝！我将要负责一艘价值2.5便士的内河汽船，上面配有一个1便士的汽笛！它表明，我也是员工中的一名，带着资本——你们知道。类似光明使者，如同低级的上帝的使徒。那时报刊和言谈中有许多这样的陈词滥调，这个了不起的女人，就生活在这些风行一时的骗话当中，被弄昏了头。她谈道：'让那几百万无知的人从可怕的陋习中摆脱出来。'直到……说实话，她使我很不舒服。我斗胆暗示那个公司是为了牟利而经营。

"'你忘了，亲爱的查理，劳动所得是应该的。'她愉快地说。很奇怪女人与现实离得太远。她们住在自己的世界里，从来没有任何这样一个世界，永远不可能。总之，它太过于美好，如果她们要建立它，没等到第一个黄昏的到来就灰飞烟灭了。我们男人一直安心生活于某种困惑的事实之中，从创世纪那天起就开始了，并把一切都毁掉了。

"这之后，她拥抱了我，告诉我穿法兰绒衣服，一定要经常写信，等等，然后我离开了。在大街上——不知道为什么——我有一种稀奇古怪的想法，我是个冒名顶替者。奇怪的是，我过去常常在 24 小时通知后，就可以去世界上任何一个地方，比起多数人在十字路口的考虑，我更少想到它们。片刻间，面对这件寻常事，我不能说是犹豫，但有片刻惊愕的停滞。我能向你们解释得最好的方式是，刹那间，我感觉仿佛我不是去大陆的中心，而是启程去地球的中心。

"我乘坐一艘法国汽船离开，她在那里的每一个该死的港口都要停靠，在我看来，唯一的目的就是让士兵和海关官员上岸。我观察了一下海岸。当船划过海岸时，我望着海岸，如同思考一个谜，它就在你面前，时而微笑、时而皱眉、时而迷人、时而宏大、时而简陋、时而枯燥、时而野蛮，而且总是以低语的口吻缄默着，'来吧，去发现。'这一边总是无特点的，仿佛仍在形成中，有一种单一可怕的样子。巨大的丛林边上，暗绿色以至于几近黑色，击荡着白色的波浪，一直奔流着，如尺子画的线，远远地沿着蓝色的海，海面上波光粼粼，由于薄雾渐渐地变得模糊。阳光是刺眼的，陆地上似乎发着光，充盈着蒸气。满海面的灰白色的斑点显现出来，聚集在白色的冲浪里，可能在它们上面飘着一面旗子。几个世纪前的定居点，在他们未触碰过的广漠区域的背景下如同大头针的针头大小。我们沿线驾船，停泊，士兵登陆，继续，海关职员登陆，向仿佛被上帝抛弃的荒野征税，那里有一个罐头盒式的棚子和丢在里面的一支旗杆；又登陆了更多的士兵——来照顾海关职员，可能吧。我听说有一些被淹没在浪涛中，但无论他们是否被淹没，似乎没有人特别关心，他们仅仅被扔在那儿，我们继续走。每一天，海岸看起来都一样，仿佛我们没有移动过，但是我们经过了各种地方——贸易地点——它们拥有如大巴萨姆、小波波之类的名字，它们仿佛属于在凶险的背景幕前表演的某个肮脏的闹剧。作为一名懒散的乘客，我在这群人中是孤独的，我没有与他们接触过，油污的、没精打采的海水，海岸的千篇一律的昏暗，仿佛使我远离事实，不停地劳作，沉浸在凄凉的、毫无感觉的梦幻之中。不时听到海浪声，随之而来是真切的欢愉，如同听兄弟讲话一般。它是大自然的产物，有着它的道理和意义。不时会有一条船从岸边划来，给人片刻的时间与现实接触。黑人划着桨，你可以从很远处就看到他们的白眼球在闪闪发光。他们大声叫着、唱着，他们的身体流着汗，他们有着如同怪诞面具一样的脸——这些年轻人；但他们的骨骼、肌肉，有一种野性的活力，一种运动的充沛的体力，犹如沿着海岸的冲浪一样自然、真实。

他们在这里不需要理由，他们看起来很舒服。有一段时间我感觉我仍处于简单的世界，但这种感觉不会持久，一定会发生一些事情把它惊走。一次，我记得，我们遇见一艘军舰在海岸抛锚，而那里没有一顶帐篷，它在向灌木丛开炮。好像法国人正在那一带进行一场战争。它的舰旗无力地坠落，像一块碎布；6英寸长的火炮炮口在低低的船体上凸出来；而油腻的、黏滑的浪涛使船懒散地荡来荡去，摇动着它细细的桅杆。在空旷的、广袤无垠的大地，天空，水域中，它在那里，不可思议，向陆地开火。爆炸，会从其中一杆6英寸的火炮中发出，一小簇火焰投射出来，继而消失，少许的白烟会散去，一颗微小的射弹将发出一种无力的、尖厉的声音，然后什么都没发生，什么也发生不了。在前进中有一种精神失常的感觉，眼前有一种令人沮丧的闹剧的感觉；它没有被岸上的某些人停止下来，他们船上的某些人诚挚地向我肯定，那儿有一个当地人的棚子——他称他们为敌人！——看不见藏在哪里。即使这样也无法消除我的这种感觉。

"我们把信件交给军舰（我听说那艘孤船上正在发热病，每天死三个），然后继续走。我们又在一些名字滑稽的地方停靠。那里欢快的死亡之舞连同贸易在一片死气沉沉与粗俗的氛围中进行着，如同来自愤怒的坟墓；我们一直沿着无形的海岸前进，岸边被凶险的浪头击打着，仿佛自然本身试图抵挡入侵者；出入的河水，生命中的死亡之流，它的堤岸正腐蚀进泥土，它的水，稠成黏液，侵袭着弯弯曲曲的海榄雌，仿佛朝我们蜿蜒移动着，处于一种无力的、绝望的境地。没有什么地方可以让我们长时间停泊去得到一种特别的印象，但是总感觉有一种模糊压抑的不知所措向我袭来，它仿佛是一次筋疲力尽的在噩梦暗示中的朝圣之旅。

"又过了30多天，我才看到大河河口。我们停靠在政府的所在地，但是直到200多英里以外我的工作才会开始。因此，我一有机会就到离上游 30 英里的地方。

"我搭乘一艘小型航海汽船。船长是一名瑞典人，他知道我是一名海员后，便邀请我到驾驶台。他是一个年轻人，清瘦、皙白、忧郁、留着长发，拖着脚步走路。当我们离开这个痛苦的小码头，他朝岸边轻蔑地摇了摇头，'住在那里吗？'他问。我说：'是的。''这些政府的人很好——不是吗？'他继续用非常精确的英语相当痛苦地说，'这些人真有意思，为了一个月几法郎就干这样的工作。我想知道上游荒野地带，他们会是什么样子？'我对他说我预计很快就会看到。'啊！'他惊叫着，拖着脚步横跨几步，一只眼向前警觉地看着，'不要太有把握，'他继续说，'前几天我搭载了一个在路上自缢的人。他也是一个瑞典人。''自缢的！为什么，以上帝的名义？'我叫出声来。他继续警觉地观望，'谁知道呢？阳光太烈，或者大概是因为那儿的荒野。'

"最后我们进入了一块区域，那儿出现了一个岩石悬崖，岸上有一些翻起的土堆，小山上有别墅以及其他的房子，带有铁屋顶，在一片开凿的废弃的洞穴中，或挂在斜坡上。在这片人烟稀少、荒芜的土地上传来了一阵急速嘈杂的水流声。许多人，其中大部分是黑人，赤身裸体，像蚂蚁一般移动着。码头的影子投入河流中，有时，刺眼的阳光会突然照进来，在炫目中淹没一切。'那里是你的公司一个站，'这个瑞典人说着指向岩石坡上三个木制的兵营似的结构，'我会把你的东西送上去。你是说四个箱子？就这样，再见。'

"我碰到一个锅炉滚在草中，随后发现一条小路通向山上。小路绕过巨石，还有一辆小型火车车厢躺在那里，轮子在空中，小路也绕了过去。其中一只轮子掉了，它看起来像某个动物的尸体那样一动不动。我碰到更加腐烂的机器的碎片，一堆生锈的铁轨。左边树丛中有一片阴凉地，在那里黑黑的东西仿佛在无力地移动。我眨了眨眼睛，路是陡峭的。一个哨子嘟嘟的在右边吹响，随后我看到跑动的黑人。笨重而沉闷的爆炸声震动着大地，悬崖上腾起了一阵烟雾，一切如此，岩石表面什么也没发生。他们在建一条铁路，悬崖并没有挡路，但这样漫无目的的爆炸就是全部进行的工作。

"在我身后传来的'叮当'声让我转过头去。六个黑人一个纵列，艰难地走在路上。他们直着身子走，慢慢地，在头上平衡着装满土的小篮子，'叮当'声随着脚步有节奏地响着。黑色的破布缠在他们的腰间，后面的布片像尾巴一样前后摆摆着。我可以看到他们的每一根肋骨，肢体的关节如绳子的硬结，一人一根铁环儿套在脖子上，所有人被一根链子拴在一起，链子的曲线在他们中间摆动，发出有节奏的'叮当'声。另一个来自悬崖上的爆炸声使我突然想到那艘我看到的向陆地开火的战船。这是同一种不祥的声音，但是这些人怎么想象也不能称为敌人。他们被称为罪犯，法律——犹如爆炸的炮弹，令人义愤填膺——已经来到他们中间，这是来自海上的一个不可揭开的秘密。他们的所有的瘦骨嶙峋的胸脯一起喘着气，猛烈扩张的鼻孔微颤着，眼睛一动不动地凝视着山上。他们从我身边走过，相距不足6英寸，瞥都不瞥我一眼，这些痛苦的未开化的人有着全然的、死一般的冷漠。在这些赤身裸体的黑人身后，有一个经过改造的，是工作中新势力的产物，他沮丧地闲荡着，手中抓住一支步枪的中间部位，他穿着一件掉了一颗扣子的制服夹克，看到一个白人走在路上，迅速地把武器提到肩上。这不过是谨慎，白人从远处看长得都很像，他根本不能讲出我可能是谁。他很快消除疑虑，张开大口，露出白牙，卑鄙地一笑，瞥了一眼他负责的队伍，仿佛把我当作给予他崇高信任的同伴。毕竟，我也是这些崇高的公正的伟大事业进程的一部分。

"没有上山，我转身向左边走去。我的想法是让那些戴着锁链的人在我上山之前离开我的视线。你们知道我不是特别的温柔，我得去抗争、去抵挡。有时候，我不得不去抵制、去攻击——这是唯一的抵抗方式——根据这种我误闯入的生活的要求，没有计算出到底有多大代价。我已经看到了暴力的魔鬼、贪婪的魔鬼、欲望难填的魔鬼，但是，老天做证！这些强大的、粗壮的、红眼睛的魔鬼，影响并驱使着的——是人，我告诉你们。但是当我站在半山腰，我预见在那片土地的刺眼的阳光下，我将与一个肥胖的、矫饰的、贪婪的、毫无怜悯之心的、愚蠢的一短视魔鬼熟识。他会有多么阴险，我只有在几个月之后的一千英里之外才能发现。一时间，我胆战心惊，仿佛被警告了。最后，我悄悄地下了山，朝我看见的林间走去。

"我躲过了一个巨大的人工洞穴，这是有人在山坡上挖的，其目的我怎么也猜不到。不管怎么说，它不是一个采石场或一个沙坑。它可能与给罪犯找事情做的慈善意愿有关，我不知道。随后我差点坠入一个很窄很窄的沟壑，几乎就是一个半山腰上的断崖。我发现那儿有很多进口的供定居点使用的排水管，已经倒塌了，没有一根是没有断裂的，破破烂烂的一堆。最后，我来到了树下，我的目的是在树荫下闲荡一会儿，但是在我看来，我已经走到了地狱之渊。附近都是湍流，一贯的、急速的、冲刷的噪声充斥着树林哀恸的静谧，在那里，没有一丝呼吸在微动，没有一片叶子摇曳，随着一个神秘的声响——仿佛踏入这片土地沉重的脚步声突然听得到了。

"黑色的身影在树丛中蜷缩着、倒着、坐着，斜靠在树干上，紧贴着地面，一半显现出来，一半淹没在昏暗的光线下，露出痛苦的、被遗弃的、绝望的神态。另一处山崖上的矿爆炸了，随后是脚下土地轻微的震动，工作还在继续。这是工作！这里是工作中出过力的人离开工地后等死的地方。

"很明显，他们在慢慢地死去。他们不是敌人，他们不是罪犯，现在他们不属于世间——他们什么都不是，只是一些患病的饥饿的黑影子，困惑地躺在绿色的昏暗中；在所有合法的定期合同下，他们来自海岸的隐蔽处，被丢在不相宜的环境中，吃着不习惯的食品，病倒了，变得没有效率了，被允许爬到一边去休息。这些濒死的身影如空气般自由——近乎微薄。我开始分辨树丛下闪动的目光，然后，我向下瞥了一眼，看见一张脸在我的手附近。黑色的骨头伸展开斜卧着，一边肩膀倚着树，然后眼睑慢慢抬起，用深陷的眼睛望着我，大大的眼睛空洞无神，神情茫然，眼球深处闪烁着的白光，在慢慢地消散。这个人看起来很年轻——简直就是个孩子——但是你们知道，跟他们在一起很难分辨出。我发现没什么事能做，只给了他一块我口袋里上好的的瑞典船上带来的饼干。他手指慢慢地合上，抓住了——没有其他任何的动作和盯视。他的脖子上系了一小块白色的绒线——为什么？他从哪儿拿到的？它是一个标记，一块装饰物，一块小磨具，还是一个安抚的行为？是否存在与之相联系的任何主张？它绕在他的黑脖子上，看起来很令人惊诧，这一点点白绒线来自海外。

"在同一棵树附近，还有两个盘膝而坐、瘦骨嶙峋的人。其中一个，下巴撑在膝上，目光空洞，样子难堪、骇人；他的兄弟幽灵般撑着前额，仿佛筋疲力尽；其他所有人以各种姿势扭曲地散落在四处，如同在某个大屠杀或瘟疫的画面中。我惊恐地站在那里，其中一个人撑起他的手和膝，爬向河流去饮水。他从手中舔着水，随后在阳光下坐起来，把小腿盘在面前，过了一会儿让他的毛茸茸的头垂在胸前。

"我不想在树影下闲荡了，赶紧向中心站走去。当接近这座建筑时，我遇到了一个白人，他那令人意想不到的优雅的装束使我看见他的第一时间就把他当作了一个幻影。我看到了一个高高的浆过的领子、白色的袖口、轻薄的羊驼毛夹克、雪白的裤子、干净的领带、亮亮的皮靴。他没戴帽子，头发分开着，梳理得很整齐，涂着油，一只皙白的大手抓着一把绿条伞，他真令人惊奇，耳后有一支笔。

　　"我和这个奇迹般的人物握手，获悉他是公司的主会计师，所有的记账都在这个站完成。他出来了一会儿，说：'呼吸一下新鲜空气。'他的表达听起来很奇怪，让人想起久坐不动的办公室生活。我并不想跟你们提起这个人，仅仅因为我是从他的口中第一次听到那段时间与记忆不可分离的那个男人的名字。此外，我尊重这个人。是的，我尊重他的领子、他的大袖口以及他梳得整齐的头发。他的样子无疑是理发师的摹本，但在如此道德败坏的土地上他保持着他的尊容，这是一种毅力。他浆过的领子和人工的胸衬是个性的成就。他已经在外三年了，而后来，我禁不住问他是如何穿的这么干净，他有点儿微微地脸红，自谦地说：'我教会这个站里的一个当地女人，这很难，她厌倦这项工作。'这个人真的做成了一件事，他全神贯注地看书，书本被打理得整整齐齐。

　　"站里的其他一切都是一片混乱的——人头攒动，各种物品、建筑。一个个浑身是灰的黑人张着脚来来去去；一个接一个的人造物品，如垃圾棉、珠子以及铜线被放在黑暗的深处，换回的是稀稀疏疏、缓缓到来的宝贵的象牙。

"我不得不在站里等十天——漫长的十天。我住在院子里的棚舍，但为了离开喧嚣有时我要走进会计的办公室。它由平层的木板建成，拙劣地摆在一起，当他躬身于高高的案头，从脖颈到脚，被狭窄的阳光分割成一条一条，没必要打开大大的百叶窗去观望。那里很热，偌大的苍蝇令人不快地嗡嗡叫着，虽不叮人，但乱戳乱撞。我一般坐在地板上，然而，那个具有完美的外表（甚至带有微微的香气）的会计，坐在高高的凳子上，写啊，写啊，有时他起身锻炼一下。当一张带着小轮的床铺躺着一个病人（某个内地来的伤残的代理人）被放在那儿，他表现出一种略微的恼火。'病人的呻吟声,'他说,'干扰了我的注意力。就算是没有那种情况，在这种条件下，

记对账也是极其困难的。'

"一天，他评论道，没有抬头，'在内陆毫无疑问你会碰到库尔兹先生。'我追问他'谁是库尔兹先生'。他说，'他是一个一级代理人，'看到我对这一信息很失望，他慢慢地加了一句，放下笔说，'他是一个很了不起的人。'我从他引出的进一步的问题获悉，库尔兹先生目前负责一个贸易站，非常重要的一个，在真正的象牙王国里，'在那里的最尽头，送来的象牙是其他人的总和……'他又开始写。那个病人因疾患太重而没有呻吟。在一片沉寂中苍蝇发出嗡嗡声。

"突然传来愈来愈多的低语声和重重的脚步声。一个商人进来了，粗野的喋喋不休从木板房的另一端爆发出来。所有的搬运工一齐讲着话，在喧闹声中我听到总代理人哀叹的声音：'放弃它吧。'那一天他已经第20次含泪地说。……他慢慢站起来，'吵死人了。'他说。他轻轻地走进屋子看着那个病人，回来对我说：'他听不见了。''什么！死了？'我问，很惊诧。'不，还没有，'他回答说，非常镇静，然后，摇摇头示意着中心站院子里的喧闹，'当一个人不得不记对账目的时候，他开始憎恨那些野蛮人——恨不得他们死去。'他想了片刻。'当你看到库尔兹先生，'他继续说，'告诉他从我这儿看到的一切'——他盯着案头——'非常满意。我不想写信给他——在那个中心站，你从来不知道那些有我们的信的人会把我们的信给谁。'他用温和的凸起的眼睛盯视了我片刻，'哦，他会走得很远，很远。'他再一次开始，'不久，他将成为管理部门的一个人物。他们，上面的——欧洲协商委员会，你们知道——说他能成。'

"他转身工作去了。外面的喧闹停下来了，我马上走出去停在门口。在不变的苍蝇嗡嗡声中，即将回家的那位代理人躺在那里，脸色通红，没有知觉；另一个，伏在书案上，做着完美交易的正确记录。在门阶以下50英尺处，我能看到死亡之林静寂的树顶。

"第二天，我最终离开了站点，随着一支60人的商队，跋涉了200英里。

　　"那件事告诉你们并没有多大用处。小路，小路，到处都是；走过的小路成网状分布在空地上，穿过长长的、烧过的草地，越过灌木丛，在寒冷的山谷里上上下下，在热得着火的石头上上上下下；满地荒凉，没有人烟，也没有一间茅屋。很久以来，人口已经被洗劫一空，而如果有许多神秘的黑人，武装着各式各样的可怕的武器，突然开始行走于迪尔和格雷夫森德之间的路上，抓住左邻右舍的当地人来为他们搬运重物，我猜想附近每一个农场和村舍很快就会被洗劫一空。只是这里住宿的地方也不见了。我还穿过了几个废弃的山村，那里还有一些可怜的、简陋的东西在草墙的废墟中。一天又一天，通过60双赤脚在我身后的跋涉和搬运，一双脚60磅重负，露营、烧饭、睡觉、撤营、行进，不时地一个搬运工在重负中死掉了，在小路附近的长长的草地上长眠了，带着空空的水葫芦和躺在他身边的长长的棍子。周围上下一片寂静。也许在某个安静的夜晚，远处鼓声震颤，时低时高，时强时弱；一个荒野的怪诞的声响，它在恳求，在暗示，并带有狂野的气息——可能带有与基督教国家钟声同样深刻的意义。有一次，一个白人男子，穿着没系扣子的制服，与一队带着武装的瘦长的桑给巴尔人护送者一起在路上露营，他非常好客，如节日般欢快——更不要说喝醉酒了。他宣称看管道路的维护。不能说我看到任何的道路与维护，我独自艰辛跋涉了3英里之远，发现一具前额上有一个子弹洞的中年黑人的尸体，也许这被看成是一种永久的改观。我还有一个白人伙伴，是一个不错的人，但是太胖，在远离少许的树荫和水几英里的地方，有一种令人恼火的习惯，常昏倒在炎热的半山坡上。令人生气的是，你们知道，拿着你自己的外衣如伞一样盖在一个男人的头上，等他醒来。我有一次忍不住问他来这里到底有什么意义。'当然是为赚钱。你以为呢？'他轻蔑地说。随后，他发烧了，不得不被放到杆子下面挂着的吊床上抬着走。他的体重是 200 多磅，搬运工队伍跟我不停地争吵。他们踌躇不前、逃跑，带着重负在夜间开溜——很像一次暴乱。因此，一天晚上，我借助手势用英语讲话，在我前方的 60 双眼睛都看懂了我的手势，第二天早晨出发，让吊床在最前面。一小时之后我发现了丢在灌木丛中的一切——男人、吊床、呻吟声、毯子、恐怖。重重的杆子已经擦破了他可怜的鼻子。在我看来，他非常想让我杀掉某个人，而附近没有一个搬运者的影子。我记起了老医生的话——'对于科学来说，在现场观察个体思维变化将是很有用处的。'我发现我变得对科学研究感兴趣了。然而，所有的一切都是漫无目的的。在第 15 天我又看见了那条大河，并步履蹒跚地进入了中心站。它在后面的水域里由灌木丛包围着，一边由腐臭的泥岸清晰地围着，其他三面是围着急流的怪异的栅栏，一个被忽视的缺口就是大门了，第一眼瞥到这个地方就足够使你看到是软弱无能的魔鬼在操纵着这一切。白人手中拿着长长的狭板没精打采地在建筑中出现，闲荡着朝我看一眼，然后不知道隐退到什么地方去了。其中，一个五大三粗的、留着黑色小胡子的兴奋的家伙，一得知我是谁就口若悬河，离题地说了很多，通知我那条汽船搁浅了。我吃了一惊。'什么？怎么弄的？为什么？''哦，没什么。''经理本人'在那儿。一切都好。'每个人都表现出色！很出色！'——'你必须，'他兴奋地说着，'立即去见总经理。他等着呢！'

"我不能很快理解船失事的真正意义。我猜想我现在明白了，但是我不确定——一点儿也不。现在回想起来——事情发生得很愚蠢——一切都不合情理，现在想也是。但是当时它显然是一件令人困惑的麻烦事——汽船沉了——两天前他们突然匆匆忙忙地开走了，经理在上面，负责的是某个志愿船长，出发不到 3 小时，他们把船撞到礁石上船底掉了，船沉到了南岸附近。我问自己我在那儿能干什么，现在我的船丢了。事实上，我有许多事要做，来打捞河里的船队。我不得不第二天就开始工作，捞船，连同把船只的碎片带到站里修理，花费了几个月。

　　"我与经理的第一次会面是很奇妙的。那天早上在我走完20英里路后他没有让我坐下来。他的肤色、特征、举止以及声音都非常普通。中等身材，一般体形。他的眼睛，是普通的蓝色，可以说是极其冷酷的，他当然能把他的盯视的目光落到某个人身上，如斧头般锐利和沉重。但即使在这些时候他身体的其他部分似乎在否认这一目的，否则只能是一种不可名状的、嘴唇微张的表情，鬼鬼祟祟的东西——似乎是一种微笑，却又不是微笑——我记得它，但是我解释不清。他这种微笑是无意识的，尽管就在他说完事情时瞬间被加强了。最终在他讲话的最后词句中出现，如同封印一般，使得再普通不过的词语表现得绝对神秘莫测。他是一个普通的生意人，从年轻时就受雇在这个地方，仅此而已。别人听从他吩咐，然而他不被喜爱与惧怕，甚至尊敬。他给人带来的是一种局促不安。是这样！局促不安。不是一种明确的不信任——只是一种局促不安——没有其他。你想不出这样一群……一群……员工能多有效率。他没有组织才能，创造天赋，甚至发号施令的能力。在这个站上，这些显然是糟透了的状态。他不学无术、没有智力，他有这样的权力——为什么？可能因为他从前没有病过……三年一期，他已经在那儿服务了三期了……因为，身体健康在一般人的体格垮掉的状态下本身就是一种力量。当他度假回家时，他就大肆放纵自己——极度放纵。上岸的水手——有些不同——仅仅在表面。这一点能够从他不经意的谈话中听得出来。他不创造任何东西，但是他能保证日常事务进行——这就是全部。他是了不起的，在这样的小事上他很了不起，不能说有什么东西能控制这样一个人。他从不泄露这个秘密，在他身上可能什么也没有，这样一种怀疑只能使人诧异——因为在那里没有外部的监督。一次，当各种热病使站中的几乎每一个代理人都病倒了，人们听见他说，'来这里的人不该有内脏。'他说完了露出了他特有的笑容，仿佛是一道通向他一直保持的黑暗。你猜到你所看到的事情——但是被封上了。当他在用餐时间恼火于白人因为位次不停地争吵，定制了一个巨大的圆桌，还因为这个建了一间特别的房屋，这就是中心站的食堂。他坐在那儿都是首位，其余的都一样。你会感觉这是他不可改变的信条，他既不是文明，也不是不文明，他很安静。他让他的'侍者'——一个来自海边吃得过多的年轻黑人来招待白人，在他（经理）的眼皮子底下，他（侍者）显出令人恼火的傲慢。

"他一看见我就开始讲话。我在路上还要很长时间，他等不及，不得不没有我就开始。上游的站需要得到供应，路上有太多的耽搁，他不知道谁死了，谁还活着，他们怎么样——等等。他不听我的解释，拨弄着一根蜂蜡条，重复了好几遍，站里状况'非常严重，非常严重'。

有传言说一个非常重要的站点很危急，他的首领——库尔兹先生病了，希望这不是真的，库尔兹先生是……我感到筋疲力尽，非常急躁。吊死库尔兹，我这么想。我打断他说，我听说库尔兹先生在岸上。'啊！所以他们是在那儿谈到的他。'他自言自语道。然后，他再一次开始向我确认库尔兹先生是他拥有的最好的代理人——一个出类拔萃的人，对公司最最重要，因此我能够理解他的焦虑。他感到，他说'非常，非常的不舒服'。当然他在椅子上坐立不安，大声说，'哈，库尔兹先生！'折断了封蜡条，仿佛被意外惊呆了。下一件事他想知道'需要多长时间'……我又一次打断他。我当时饿极了，你们知道，而且还站着，于是我变得狂躁起来。'我怎么知道，'我说，'我甚至还没有看到船的残骸呢——几个月吧，毫无疑问。'所有这些谈话对我似乎都是无效的。'几个月，'他说，'好吧，让我们三个月后启程吧。是的，那件事应该能搞定。'我愤然离开他的草棚（他一个人住在一个泥棚子里，里面有一个阳台），自己低声咕哝着对他的看法——他是一个喋喋不休的白痴。事后我收回这句话，我惊讶地认识到他对'事件'估计的必要时间是多么的微妙。

"我第二天去工作了，可以这么说，不再理睬中心站。只有用这种方式，对我来说，似乎还能够抓住可以挽回生计的事实。你还是必须四处观望的，随后我看到站里，这些人漫无目的地在院子里的阳光下走来走去。有时候我问自己这是什么意思。他们到处徘徊着，手里拿着他们荒谬的长长的狭板，像许多不虔诚的朝圣者在一个腐坏的栅栏里魂迷魄荡。'象牙'这个词在空气中环绕着，被低语、被叹息。你们会认为他们在向它祈祷，傻瓜贪婪的味道充斥着这里，如同来自尸体的难闻的气味。上帝！我一生中从未见过如此不真实的事情。在外面，寂静的荒野围绕着地球上开辟出的这块地，我感到这荒野巨大而不可战胜，像魔鬼或真理，耐心地等待着这不切实际的入侵的终止。

"噢，这几个月！好吧，没关系。各种各样的事发生了。一天晚上，一间装满白棉布、印花棉布、珠子的草棚（我不知道还有什么），突然着起火来，你一定认为大地已经张开嘴巴，让复仇的火焰燃尽所有的污秽。我在废弃的汽船边上静静地抽着烟斗，看见他们在火光下上蹿下跳，胳膊高高地举起，这时候那个留着小胡子的胖子，手中拎着一个马口铁桶，向着河猛冲过去，向我保证每个人都'表现得很出色，很出色'，浸了四分之一的水又跑回来。我发现在他的桶底下有一个洞。

"我闲荡着，没有什么匆忙的。你们知道，那间棚子像一盒火柴一样燃掉，从一开始就杳然无望。火苗已经跳得很高，迫使每个人都倒退，所有东西都着起来了、塌陷了，棚子已经是一堆发着灼热的光的余烬了。近旁有一个黑人在挨打，他们说是他不知怎么引起的大火。尽管如此，他发出最恐怖的尖叫声。之后几天我看到他坐在一小片树荫下，看起来非常憔悴并试图自己恢复：此后他站起身来走出去——荒野无声无息地把他拥到怀中。当我从黑暗中接近火光时，我发现自己站在两个男人身后，他们正在谈话。我听见库尔兹的名字被提到，随后说的是'利用这次不幸的事故'。其中一个男子是经理。我向他道声晚安。'你见过这样的事吗，嗯？真是不可思议。'他说，然后走开了。另一个留在那儿，他是一级代理人，年轻，绅士，几分矜持，稀疏分叉的络腮胡须、鹰钩鼻。他与其他代理人关系疏远，他们这边说他是经理监视他们的密探。对于我来说，我此前几乎没和他说过话。我们交谈起来，渐渐地从嘶嘶作响的废墟中走开。然后他邀请我去他的屋里，是站中的主建筑中的一间。他划了一根火柴，我发现这个年轻的贵族不仅有一个镶着银边的妆饰盒，而且自己拥有一整根蜡烛。在那个时候，只有经理才有权拥有蜡烛。当地人的席子盖在黏土墙上，收拾好的长矛、标枪、盾牌、刀具作为战利品挂在上面。给这个人的行当是制砖——我是这么被告知的，但站里四处没有一块砖，而他在那儿已经待了一年多——等待着，好像是缺少某样东西，使他制不成砖——我不知道是什么，可能是稻草。不管怎样，在那儿是找不到的，也不大可能从欧洲运来，所以我看不出来他在等什么，也许是一种特别的创造行为。然而，他们都在等——他们中一共是16个或20个朝圣者——在等待着什么；用我的话说，以他们的态度来看它似乎不是一件悖驳的职业，尽管唯一发生在他们身上的事情是疾病（据我所知）。他们通过互相诽谤、策划阴谋这些愚蠢的方式来消磨时光。站里有一种诡秘的氛围，但是，什么也没有发生，它与任何其他事一样不真实，他们所说，政府所言，他们工作的表现，如同整个公司披着慈善的伪装。唯一一样真实的感觉是想被指派到贸易站去得到象牙，以便他们实现赚得份额的意图。为了这个理由他们彼此耍阴谋诡计，互相贬损，憎恨对方——抬一抬小手指头的事情都没做——噢，没有。上帝！毕竟世界上有一些事情是允许一个人偷一匹马，而另一个不准看一眼马的笼头，干脆偷一匹马，好极了，他这么干了，也许他还能骑，但是有一种方式是看一眼马的笼头会引发最仁慈的圣徒的气恼。

"我不知道他为什么那么友善，但当我在那儿闲聊时，突然想起这个人试图得到某些东西——事实上，他想从我这里知道一些东西。他不停地提及欧洲，提到他的我在那儿认识的人——向我打探那些在这个坟墓之城的熟人的一些主要的问题，等等。他的小眼睛像云母片一样闪着光，充满好奇——尽管他试图保持一点骄傲。首先我惊诧了，但是很快我变得非常想看看他想从我这儿发现什么。我想象不出我身上有什么东西值得他费尽心机，看着他绞尽脑汁是挺有意思的，因为实际上我整个人都扫兴，我脑子里除了那艘可怜的汽船营生什么也没有。很显然他把我当成一个完全无耻的、推诿的人。最后，他生气了，为了掩饰恼羞成怒，他打了个呵欠。我站起身来，随后我注意到了一小块油画速写——在一块嵌板上，画着一名女性，蒙着眼睛，披着织物，手持一支点燃的火炬，背景昏暗——几乎是黑色。女子的动作是庄严的，但她脸上映着火光，显得很不吉利。

"它吸引了我，他谦恭地站着，握着一个空的半品脱的香槟瓶子（药物上的安抚），蜡烛插在上面。他回答我说库尔兹先生早在一年前就在这个站里绘制它——在此期间等待着交通工具去他的贸易站。'请告诉我，'我说，'谁是库尔兹先生？'

"'内陆站的站长。'他短促地回答，向四周看了看。'非常感谢。'我笑着说。'而你是中心站的制砖人，每个人都知道。'他沉默片刻，'他是一个天才，'他最后说。'他是怜悯、科学、进步的使者，鬼知道还有什么，我们想，'他突然开始演说，'作为欧洲交付给我们的事业的引领，可谓更高的智慧，博大的同情，和唯一的目的。''这是谁说的？'我问。'他们中许多人，'他答道，'一些人甚至写下它；因此他来到这儿，一个特别的人物，你会知道的。''我为什么要知道？'我打断他说，真的很奇怪。他毫不在意，'是的，今天他是最出色的站长，明年他将成为经理助理，两年多后……但我敢说你知道他两年时间会成为什么。你是新派——道德派的人。派他来的人也同样举荐了你。噢，不要说不。我亲眼见证。'我恍然大悟，我亲爱的姑妈有影响力的熟人对这个年轻人产生了一种意想不到的效果。我差点笑出声来。'你读了公司的机密信函了吗？'我问。他一句话也没说，很有意思。'当库尔兹先生，'我严厉地继续说，'是总经理的时候，你就没有机会了。'

"他一下子吹灭了蜡烛，我们走了出去。月亮升起，黑色的身影无精打采地在周围闲荡，在火光上倒水，从那里发出嘶嘶的响声；蒸气在月光下升起，被打的黑人在某个地方呻吟着。'这畜生闹了多大的乱子啊！'不知疲倦的、留着小胡子的人出现在我们附近，他说道，'活该。违法——惩罚——呼！毫不留情，毫不留情。只有这样才能防止以后所有的火灾。我刚刚跟经理说……'他注意到我的同伴，一下子变得灰溜溜的。'还没睡？'他说，带着一副奴才相，'这很自然。哈！有危险——激动嘛。'他突然离开了。我继续走到河边，另一个人跟着我。我听到一阵尖刻的低语声，'一群蠢蛋——滚。'观朝圣者们一小群一小群地打着手势商量着，几个人手里仍拿着他们的狭板。我真的相信他们带着这些木条睡觉。在栅栏外面，树林幽灵般地矗立在月光下，通过微动的昏暗，透过可悲的庭院里虚弱的声音，大地的静默走进了每个人的心灵深处——它是神秘的，它是伟大的，它隐秘的生命如此的真实。被打的黑人在附近某处衰弱地呻吟，然后传来一声深深的叹息，使我加快脚步离开那里。我感到有一只手从我的胳膊下面伸过来，'我亲爱的先生，'那人说，'我不想被误解，特别是你，马上就要见到库尔

兹了，而我要等很久才能有此殊荣。我不想让他对我的
意向有不好的想法……'

"我让他继续，这个纸糊的墨菲斯托，在我看来，如
果我试着用食指把他捅破，会发现可能除了一点儿烂
泥，什么也没有。他，你们没看见吗，一直计划在现管
手下一点点地当上经理助理，我能看到库尔兹的到来使
他俩非常沮丧。他急促地说着，我没有试图打断他。我
把肩膀靠在我的汽船残骸上，将它拽上坡，如同某个大
型的河里的动物尸体一般。泥土的气味，原始的泥土，
上帝！在我的鼻孔里。沉寂的原始森林在我眼前，黑色
的河湾里泛着闪亮的碎片。月亮把周围一切都洒上一层
薄薄的银光——在河堤的草丛中、在泥土上、在比庙宇
的墙更高覆满杂草的植被上、在大河上，我可以一眼望
到一条昏暗的河川闪着光，粼粼地、宽宽地、无声地流
淌着。所有这一切都是伟大的、如期的、缄默的，而这
个人兴奋地谈论着自己。我想知道眼前这无垠的寂静看

着我们两个，是意味着一种祈求还是一种威胁。我们这些误入歧途的人是什么呀？我们能掌控这令人无语的事件，还是它将掌控我们呢？我感觉它是如此巨大，不可名状，也许还是昏聩的。那里有什么？我能看到一点点象牙来自那里，我听说库尔兹先生在那里。关于这，我也听够了——上帝知道！然而不管怎样，它没带来任何的影像——比如，我被告知一位天使或一位魔鬼在那里。同样，我相信它，就如你相信火星上可能有人住。我认识一个苏格兰的修帆工，他确信火星上有人。如果你问他有关他们的样子和举止，他会腼腆而含糊地说'用四条腿走路'的某种东西。如果你几乎笑出声来，他会给你一拳，尽管他已是60岁的人了。我不想到为库尔兹而战的地步，但是为了他我几乎撒了谎。你们知道我憎恨、厌恶，不能容忍谎言，不是因为我比其余的人更正直，而只是因为它使我恐惧。这里有死亡的气味，谎言中必死的味道——正是我在世间憎恨、厌恶的东西——我想要遗忘的事情——它使我痛苦、恶心，如同咀嚼某种腐烂的食物产生的结果，我想是性格使然。而我几乎接近撒谎了，通过让这个年轻的傻瓜在那里相信他愿意想象的任何有关我在欧洲的影响的任何事情。我即刻成了一个如其余魂迷魄荡的朝圣者一样的矫饰者。这只是因为我有一种想法，认为不管怎么说它对库尔兹有帮助，在那段我没见到他的时间里——你们明白，他对我来说只是一个名字罢了，我和你们一样只看到了他的名字而已。你们见过他吗？你们理解这个故事吗？你们看出任何端倪了吗？在我看来，我似乎在试图给你们讲述一个梦，只是一个徒劳的尝试，因为没有对梦境的陈述能传达梦的直觉，混杂着荒谬、惊奇、迷惑，在一种搏斗叛逆的震颤中，被这种不可思议所俘获的臆想就是梦的本质。"

他沉默了片刻。

"……不，不可能！不可能传达任何指定时期人存在的生命感受——形成它的真实，它的意义——它的微妙的、具有穿透力的本质。不可能！我们活着，如同梦境一般——孤独的……"

他再一次停下来，仿佛在思索，然后接着说道："当然，在这个故事里，你们这些人比我当时理解的要多。你们了解我这个为你们所熟识的人……"

天色已变得漆黑，我们几个听故事的人几乎看不到彼此。许久，他坐在一边，对我们听者来说只是一个声音而已。没有一个人说话，其他人可能已经睡熟，但我醒着，我听着、听着，认真地审度着每一个句子、每一个字，那给我由讲述引发的隐隐不安的一些线索，它似乎是在深夜的河流上没有人为粗话的情况下自己形成的。

"……是的——我让他继续，"马洛再一次开始，"至于我背后的权力他愿意怎么整就怎么整。我们的确这样做的。确实！我身后什么都没有！除了那条破旧的、被乱砍过的、我赖以生存的汽船，什么都没有，而他流利地讲着'每个人都会得到成功，而当一个人来到这里，你设想一下，这不是天方夜谭'。库尔兹先生是一个'全才'，但即使是全才也会发现与'适当的工具——有智力的人'工作会更容易些。他没有制砖——为什么，由于不可能得到的某种材料妨碍了工作——如我所知；如果他为经理做秘书的工作，那是因为'没有明智的人会放肆地拒绝上司对他的信任'。我看到了吗？看到了。我还想要什么呢？我真正想要的是铆钉，上帝！铆钉。为了继续工作——去填窟窿，我想要的是铆钉。海岸有许多箱在那儿——许多箱——它们堆积着——塞满了——散落着！在山坡中心站的院子里，每两步你就能踢到一颗散落的铆钉。铆钉已经滚落到死亡之林去了。只要弯下腰你就能装上满口袋的铆钉——而在需要它的地方一颗也找不到。我们有金属板可以用，但没有东西固定它们。每周一个性格孤僻的黑人信差，把信袋扛在肩上，手里拿着棍子，离开中央站去海岸。一辆海岸拖车一周几次载货而来——

苍白的光滑的棉花使你看一下都战栗，玻璃珠子价值大约一夸脱一便士，一塌糊涂的斑斑点点的棉布手帕，但没有铆钉，三个运输工就能带来所有需要的能使汽船浮起来的铆钉。

　　"他现在变得亲密起来，但我猜可能是我麻木不仁的态度最终激怒了他，因为他断定有必要通知我，他畏惧的既不是上帝也不是魔鬼，更不用说一个人。我说我很明白，但我想要的是一定量的铆钉——因为铆钉真的是库尔兹先生需要的，只要他一知道的话。现在每周都有信件到海岸……'我亲爱的先生，'他喊道，'我是听命的。'我要铆钉。对于一个聪明人来说总会有办法的。他改变了态度；变得非常冷酷，突然开始谈论起河马来；想知道我睡在汽船的甲板上（我日夜都在做水上营救）是否有被打扰。有一只老河马，它有一个坏习惯，总在夜里上岸，在中心站的周围荡来荡去。朝圣者过去常常全体出动，朝它打空了所有放在手边的步枪子弹。有人甚至整晚等着它，尽管所有力气都是白费的。'这动物生命有魔力，'他说，'但你只能说在这片土地只有野兽如此。没有人——你理解我吗？——这里没有人具有魔力的生命。'他在月光下站了一会儿，精致的鹰钩鼻有些歪斜，云母似的眼睛一眨不眨地闪着光，悻悻地说了句'晚安'，便大踏步地走开了。我能看到他受到了惊扰并且很是迷惑，这使我感到比前几天有更多的希望。离开那个家伙回到我举足轻重的朋友那里——这艘破旧的、变了样的、被破坏过的、低劣的汽船，这感觉舒服多了。我吃力地爬上甲板，它在我脚下响着，像空的亨特利和帕玛饼干盒被沿着排水沟踢一样，它制作得并不坚固，外形也不太漂亮，但我已经花费了足够的艰苦工作在它身上并使自己爱上它，没有重要的朋友给我更好的任职，它已经给了我一个机会走出一些——去寻找我能做的事情。不，我不喜欢工作。想到所能做的美事，我曾经很慵懒。我不喜欢工作——没人喜欢——但是我喜欢工作的实质——发现自己的机会。真正的你——对你自己，而不是别人——这是任何其他人都不可能知道的。他们只能看到它的表象，从来不能讲出它真正的意义。

"我并不奇怪看到有人坐在船尾的甲板上，双腿在泥地上晃荡。你们看，我宁可与几个站里的机械师成为朋友，其他朝圣者鄙视他们——我猜是因为他们的不雅举止。这是领班，工作是造锅炉——一个好员工。他是一个身材瘦削、脸色泛黄的汉子，拥有一双热情的大眼睛。他看起来有些忧郁，他的头秃得如我的掌心一般，但他垂下的头发似乎贴到了下巴，在新的领域繁茂起来，因为他的络腮胡须垂到了腰间。他是一个鳏夫，有 6 个孩子（他让姐姐照管他们，自己外出到那儿），他生平最爱放鸽子。他是个鸽子迷兼行家，他谈鸽子会谈得兴奋不已。工作过后，他过去常常从他的棚里出来造访，聊一聊他的孩子和他的鸽子；工作的时候，当他不得不趴在汽船下面的泥地上时，他会用特地带来的一种白餐布把胡子包起，上面有环儿可以挂在耳朵上。晚上，人们能看到他蹲在堤岸上，在河湾里非常小心地冲洗那块包布，然后庄重地把它在灌木上展开晾干。

"我拍了一下他的后背并喊道：'我们要有铆钉啦！'他匆匆站起来惊叫：'没有铆钉！'好像他不能相信他的耳朵。然后低声说：'你……啊哈？'我不知道为什么我们会像疯子一样的行为。我把手指放在鼻子一侧神秘地点点头。'对你来说很好！'他喊道，在头上打着响指，抬起一只脚。我试了一下吉格舞。我们在铁质的甲板上雀跃。那条大船上发出可怕的咔嗒声，河湾的另一面堤岸上的原始森林在这睡着的站中回馈出滚滚的雷鸣声，它一定使一些朝圣者在他们并不宜居的小屋里坐起身来。一个黑影掩住了经理屋里透着亮光的门道，消失了，过了片刻，门道也自行消失了。我们停下来，被脚步声驱走的寂静从大地的隐蔽处又流动回来。巨大的草墙，繁茂地缠在一起的巨大的树干、树杈、树叶、树枝、藤蔓，在月光下一动不动，如了无声息的生命混乱地侵入，滚滚的植被，层层叠叠，形成浪峰，准备颠覆河湾，清理掉我们中的每一个弱小存在的人类生命。它一动不动，令人发聩的巨大的水花的泼溅声和鼻息声从远处传到我们这里，仿佛一条鱼龙在粼粼的大河上沐浴一般。'毕竟，'这个锅炉制造工以理智的口吻说，'我们为什么不该得到铆钉呢？'为什么不能，确实！我不知道我们不该得到铆钉的任何理由。'它们三个星期后到。'我信心十足地说道。

"但是铆钉没有到来。到来的却是一场入侵，一段痛苦的经历，一次探访。在未来的三个星期里，它分批到来，每一批由一头驴牵头，载着一个穿新衣和棕黄色鞋子的白人，他在上面向激动的朝圣者们左右鞠躬。一队吵吵嚷嚷地走得脚痛、神情郁闷的黑人队伍走在驴的后面。许许多多的棚子、帐凳、罐头盒、白箱子，棕色的大包将被抛在庭院里，中心站一片神秘的氛围将在混乱中愈发浓郁。如此分五批到来，随着从数不清的服装店和杂品店里掠来的物品的无秩序地运送，空气中有种荒谬的氛围，人们会想，在一场劫掠之后，他们在用力拖拉，进入荒野，进行公平的分配。这种无法摆脱的混乱状态就是本身也没有什么，但是人类的愚行使之看起来像盗贼的战利品。

"这个献身的队伍称自己为埃尔多拉多远征探险队，我相信他们宣誓保守秘密，然而他们的言语像是肮脏的海盗在交谈——它是没有刚毅的胆大妄为、没有胆识的贪婪、没有勇气的残忍；这帮人中没有一个拥有真知灼见，或者是远大目标。他们似乎没有意识到这些东西是世界干好任何事情所必需的。从最深的内陆夺取珠宝是他们的欲望，在它背后不再有道德的行动，只是夜盗闯入了安全腹地。是谁偿付这一贵族企业的花销，我不知道；但是我们经理的叔叔是这一切的领头人。

"外表看来，他像穷乡僻壤来的一个屠夫，他的眼睛里有一种冷冷的狡猾。他有两条小短腿，长着大肚腩，一走路，似乎在耀武扬威。在那段时间里，他和一帮人出现在站里，除了他侄子，不与任何人讲话。你可以看到这两个人整天闲荡，头凑在一起没完没了地闲谈。

"我已经不再自己担心铆钉了。一个人对那种愚行的容忍度比你想象的要有限得多。我说：'先放一放吧！'——顺其自然吧。我有许多时间用来冥想，偶尔我会想到库尔兹。我对他不怎么感兴趣。不，我仍然好奇，想看到这个武装着某种道德思想的人的出现，是否能最终爬到最顶点，他将如何在那里开展他的工作。"

II

　　"一天晚上，当我平躺在汽船甲板上，一阵声音传了过来——原来是他（我们经理的叔叔）和他侄子（经理）在河边散步。我再一次把头枕在胳膊上，几乎进入梦乡，这时有人在我耳边说：'我像个无害的孩子，但是我不想听命于人。我是经理，不是吗？我受命送他到那儿。真不可思议。'……我开始知道这两个人沿汽船的前半部站在岸边，就在我的头下面。我没动，我没想动，我还睡着。'真令人不快。'他叔叔咕哝着。'他请求管理部门把他派到那儿的，'另一个说，'他想大显身手；我也接到相应的指示。看一看那个人的影响力吧，难道不可怕？'他俩都认为这很可怕，然后做出几句奇怪的评论：'翻云覆雨——一个人——委员会——牵着鼻子。'——些荒谬的句子使我从睡意中清醒一些，以至于听完他叔叔的话后，我整个人更明白了。'这种气候会为你解决难题。他是一个人在那儿吗？''是的，'经理回答说，'他派他的助手沿河给我带来一张字条，这样写着：把这个低劣的家伙赶出这片土地，劳烦不要把这样的人送来。我宁可一个人也不愿意有你安排给我的这种人。这是一年前的事了。你能想象这种无礼的行为吗！''从那以后怎么样了呢？'另一个问，嗓音嘶哑。'象牙，'侄儿猝然一动，'好多好多——一等的——好多——最可气的是，从他那儿来的。''与之一起的呢？'他叔叔大声咕哝着问。'发货单。'回答结束，可以这么说。随后一片静寂。他们一直在谈库尔兹。

"这一次我完全清醒了，但是，躺着非常舒服，静静地，我没想换姿势。'象牙都是怎么运来的？'年长的一个嘟哝着，看起来非常生气。另一个人解释说他用一队独木舟由跟在库尔兹身边的一个英国混血儿职员负责运来；还说库尔兹显然有意自己回来，当时站里缺少物资和储备，走了300英里路后，突然决定回去，一个人坐着一只小独木舟带着四个划桨者，留下混血儿职员带着象牙继续沿河而下。两个人对有人尝试这样一件事惊诧不已。他们简直不知道这出于何种必要的动机。对于我来说，我似乎第一次看到了库尔兹。它是一个清晰的闪念：独木舟，四个划桨的当地人，那个白人突然回首望了望总部，松了口气，一想到家——可能，脸又朝向荒野深处，向他那空空的、无人的内陆站驶去。我不了解是什么动机。可能他只是一个因个人原因坚守职责的杰出人物。他的名字，你明白，一次未被提起。他就是'那个人'。这个混血儿，就我所知，已经进行了许多困难的旅行，谨慎而勇敢，一直被暗指为'那个恶棍'。这个'恶棍'报道'那个人'病得很重——恢复得不好……这两个在我下面的人走开了几步，而后来来回回走了一小段距离。我听见他们说：'军事哨所——医生——200英里——现在很孤独——不可避免地耽搁——9个月——没有消息——奇怪的谣言。'他们又走近了，这时候经理说，'据我所知，除了来回游走的商人——一个瘟神似的家伙，没有人能从当地人手中抢到象牙。'他们正在谈论的是谁呢？我把片段放在一起推断，这是个要去库尔兹区域的人，经理不同意。'我们将不能免于这种不公平的竞争，直到其中一名被吊死，杀一儆百。'他说。'当然，'另一个人咕哝着说，'吊死他！为什么不呢？任何事情——在这个国度干什么都可以。这就是我说的；你明白这里没有人能够威胁你的位置。为什么？你能忍受气候——你比他们所有人都长久。危险在欧洲；但在我离开那儿之前，我小心去——'他们走开了并低语着，而后声音又大起来。'长时间的耽误不是我的错。我尽力了。'那个胖男人叹了口气，'太可悲了。''他的话邪恶而无理，'另一个继续说，'他在这儿给我添够了麻烦。"每一个站应如通向更美好事物之路上的灯塔，理当是一个贸易中心，也是为了人文、进步、教化。"你想象一下——那头蠢驴！他想成为经理！不，是——'他气鼓鼓的、说不出话来，我把头抬起了一点儿。我很惊讶地看到他们离得很近——就在我下面。我吐痰都能吐到他们的帽子上。他们看着地面，陷入思考。经理用一根细枝抽打着自己的腿，他那精明的叔叔抬起头。'自从来到这里，这段时间过得一向可好？'他问。经理说，'谁？我吗？噢！像是魔力——魔力一般。而其他人——噢，上帝！都病了。他们死得如此快，以致我没有时间把他们送回国——真令人不敢相信！''哦，是这样，'他的叔叔咕哝着，'哈！我的孩子，相信这一点吧——我说，相信这个。'我看到他伸出一只胳膊上的短短的鸭蹼掌做了一个手势，划破在树林、河湾、泥土、河流中——似乎用一个污秽的夸张手势挥舞在阳光之下的大地面前，对潜在的死亡、掩蔽的罪恶、深深的黑暗中心做着不忠的申诉。这如此令人震惊，以致我跳了起来，回望森林的边处，仿佛期待着某种答案回应这种自信里黑暗昭示。你知道，有时候一个人会出现愚蠢的念头。死一般的沉寂用它不祥的耐心面对着这两个身影，等待异想天开的入侵的结束。

"他们大声地发誓——出于纯粹的恐惧，我相信，然后对于我的存在他们假装全然不知，转身回到站里。夕阳西下；他俩肩并肩地向前探着身，一高一矮的两个滑稽的身影艰难地上着山，慢慢留在他们后面的是长得高高的荒草，没有折断一片叶子。

"几天后，埃尔多拉多远征探险队进入一片富有耐心的荒野，荒野包围着它，如同海洋淹没了一个潜水者。过了很久，消息传来，所有的驴都死了。我不知道那些比它们廉价的动物命运如何。它们，毫无疑问，像活下来的我们一样，找到了应有的归宿。我没有问。当时一想到能很快见到库尔兹我就非常兴奋。当我说非常快时，我的意思是相对的。在我们到达库尔兹内陆站下面的河堤时，从我们离开小溪那天刚好两个月。

"沿河而上，如同追溯世界的源头，当植被肆意地长在大地上，大树就是国王。空旷的溪流，异常的寂静，不可思议的森林。空气是温暖的、凝重的，沉闷而缓慢，在灿烂的阳光下没有欢愉。长长的伸展的水道流向远方，荒无人烟，进入树影婆娑的幽暗深处。在银色的沙滩上，河马和短吻鳄并排晒着太阳。宽宽的水域穿过周围满是树林的岛屿。在那条河上你会迷路，如同在沙漠中一般，一整天都是浅滩对接，试图找到河道，直到你认为自己中了魔法，从此，你与所认识的一切隔断开来——某个地方——远远地——可能是另外一种存在。某个时刻，当一个人的过去显现出来，犹如有时候没有时间抽离自己；但思绪如永不停息的喧哗的梦境，在一片植物、水和静寂的奇怪世界这一势不可当的事实中神奇地记起。这种生命的静寂根本不是平和，而是这种静默的难以平息的力量正思索着谜一般的动机。它以一种渴望复仇的姿态望着你。后来我习惯了，我不再看它了，因为我没有时间。我不得不一直推测着水道的位置；我必须识别，很多时候靠灵感，隐藏的堤岸的迹象；我巡视着水底的石头；我学会在我的心脏跳出来之前，紧咬牙关。当时我侥幸逃过意外，某个可恶的暗中的旧有的障碍物将把我们的命从这条铁皮汽船里毁掉，使全部朝圣者溺亡；我不得不留意破断枯死的木头，夜里我们将枯木劈开，为了第二天能烧开锅炉。当你不得不致力于某种事物，仅仅表面的事件，现实——现实，我告诉你们——消失了。内部的真理被隐藏了——幸运，真是幸运。但是我一直能感觉到它，我经常感觉它那神秘的静寂在注视着我的猴子把戏，如同它看着你们这些人在各自的钢丝绳上表演——是什么呢？打一个滚儿半克朗——"

"想办法文明点儿，马洛。"一个声音愤愤不平地说，我知道除了我至少还有一个人醒着聆听着。

"对不起。我忘记了这价钱里还包括心痛。事实上如果这个把戏做得好，价钱有什么关系？你们的活干得很好。我做得也不赖，因为在第一次航程中，我做到了没有让汽船沉下去。这对于我来说是一个奇迹——想象一个蒙着双眼的人开始驱车在一条糟糕的马路上行驶。我对那件事很是胆战心惊的，我可以告诉你们。毕竟，对于一名水手来说，在他的照管之下，把一条要整天航行的船的船底刮破，是一个不可饶恕的罪孽，没有人可能了解它，但是你永远忘不了那种心有余悸——啊，这种打击是刻骨铭心的。你记着它，你梦到它，你在夜里惊醒地想起它——许多年后——浑身不舒服。我没有说那条汽船一直在漂着，它不止一次要前行一点，20个食人生番在其周围弄得水花四溅，向前推进。我们已经在路上使这些家伙的一部分成为船员，很好的伙计——食人生番——在他们的岗位上，他们是一些可以共事的人，我很感激他们。毕竟，他们没有在我面前互相食人，他们随身携带着储备的腐烂的河马肉，使得神秘的荒野在我鼻翼中充斥着恶臭。呼！我现在都能闻到。一个经理在船上，三四个带着狭板的朝圣者———一直到结束。有时我们遇到一个站点离岸很近，位于未开发地的边缘，白人从即将坍塌的小屋里冲出来，打着又惊又喜表示欢迎的大幅手势，看起来很奇怪——有一种被符咒捕获在那里的样子。'象牙'这个词有一会儿萦绕在空气中——而后我们又一次陷入寂静，沿着空旷的河流，围绕着死气沉沉的弯道，在我们盘绕的路边的高墙间，回荡着船尾轮子沉重击打水花的噼啪声。树木，树木，几百万棵的树木，魁伟的、巨大的，长到天际；在它们的脚下，紧贴着河岸，逆流而上，慢慢地行驶着这条污秽的小汽船，像一只无精打采的甲壳虫爬行在阁楼门廊的地板上。它使我感觉非常渺小、非常失落，然而不是完全的沮丧的那种感觉。毕竟，如果你是渺小的、沾满污垢的甲壳虫趴在上面——这正是你想要它做的。朝圣者想象它爬向何处，我不得而知。到某个他们希望得到东西的地方去，我打赌！对于我来说，它爬向库尔兹——专程地；但是当蒸汽管道开始泄漏时，我们行进得很慢。多条河道在我们面前张开了，在后面又合并，仿佛树林悠然地穿过水域，阻住了我们回去的路。我们日趋深入黑暗的中心，那里非常寂静。晚上有时会有鼓声在树幕的后面响起，沿河而上，留下微弱的持续声，仿佛徘徊在我们头顶上的天空中，直到黎明的第一道曙光出现。它是否意味着战争、和平，或是祷文，我们不得而知。一阵寒冷的静寂降临了，预示着黎明的到来；伐木者睡熟了，他们的篝火燃低了；嫩枝的劈啪作响使你开始新的一天。我们是史前地球的游荡者，它带着一种未知星球的样子。我们可以把自己想象为占有这一被诅咒的遗产的第一批人，以深深的痛苦和极度的劳苦为代价征服了这片土地。但突然，当我们奋力绕过一个弯道，就会闪现一道芦苇墙，尖尖的草顶，突然的喊叫声，令人目眩的黑色肢体，一大群人拍着手。在低垂的、浓密的、一动不动的树叶下面踏着脚，摇摆着身体，转动着眼睛。汽船费力地慢慢划动在一片黑色的不可理解的狂乱边缘上。史前的人在诅咒着我们，对我们祈祷，还是欢迎我们——谁能讲得出？我们从可理解的环境中被切断开来；我们如幻影一般滑过去，迷茫并暗自惊悚，犹如神志正常的人面对疯人院里一场狂暴骚乱时的感觉。我们不能理解，因为它离我们太久远而没有记忆，因为我们行驶在原始时期的夜晚，那已逝去的年代，几乎没留下半点痕迹——没有记忆。

"大地看起来是神秘而可怕的。我们习惯于看待被征服的、带着镣铐的怪物形象，但是那里——你可以看到一个怪异的、自然的家伙。它是神秘而可怕的，这些人都是——对，他们不是非人类。而你们知道，最糟的是——怀疑他们并非非人类。一个人会慢慢地认识到。他们咆哮着，跳着，旋转着，做着可怕的鬼脸；但使人吃惊的是，恰恰想到他们是人类——与你一样——一想到你的远祖与这些野蛮并激越骚动的人群为亲缘。丑陋。是的，它足够丑陋；但是如果你有足够的勇气，你将承认自己身上就存在着微弱的痕迹，回应那种噪声的可怕表白，有一点点怀疑，怀疑其中有某种意义，你——与初代远古的夜晚如此遥远——也可以理解。为什么不呢？人的思想可以做任何事情——因为每件事都在其中，不管是过去还是将来。到底是什么呢？欢乐、恐惧、悲伤、献身、英勇、愤怒——谁能说清？——但是事实——事实剥离了时间的掩饰。让这个傻瓜目瞪口呆、瑟瑟发抖吧——人类知道，并可以毫不眨眼地旁观。但是他一定至少和岸上的这些人是一样的。他一定用自己真实的东西遇见那种真实——用他与生俱来的力量？原则不起作用。所获之物，服装，很烂的布——使劲动一下就会飞的破布。不，你要的是一个深思熟虑的信条。在这阴森的怪叫之中有一种向我发出的诉求——是吗？很好，我听到了，我承认，但我也要发声，不管是好是坏，我的声音是不能被压制的演讲。当然，一个傻瓜，伴着全然的恐惧和健康的情绪，总会是安全的。那发出咕哝声的是谁？你们想知道难道我没有上岸吼叫一下并跳舞吗？然而，没有——我没有。好的心情，你们明白吗？好的心情，见鬼去吧！我没有时间。我不得不慌乱地用白铅粉和毛毯条在那些渗漏的蒸汽管上绑上绷带——我告诉你们。我必须观察转舵，躲避那些障碍物，无论如何让这个铁皮罐前进。在这些事物中，有表象的真实足够挽救一个明智的人。在此期间，我必须照看充当司炉工的黑人。他是一个被改进过的范本，他可以点燃一个立着的锅炉。他就在我下面，照我的话说，看他就如同看到一条穿着短裤、戴着羽毛帽子、用后腿走路的恶搞的狗一样。这个不错的伙计已经做了几个月的训练。他瞟着蒸汽计和测水仪，显然是一种大胆的尝试——他也有着锉过的牙齿，可怜的家伙，他头顶的发被刮成奇怪的样子，三个装饰性的疤痕留在他的脸颊上。他本应该在岸上拍手跺脚的，而不是努力工作，受制于一种奇怪的巫术，脑子里全是进步的知识。他是有用处的，因为他受过教育；他所知道的是——万一这个透明的东西中的水消失了，锅炉里的魔鬼就会因为饥渴而生气，进行恐怖的报复。因此他流着汗，点燃锅炉，恐惧地看着玻璃（有一个临时配备的装饰物，由破布制成，系在他的胳膊上，还有一个抛光的骨头，像一块表那么大，平面朝上地穿过他的下唇）。长满树木的堤岸在我们身边慢慢划过，短促的噪音留在身后，周围是一片绵延了无数英里的寂静——我们慢慢前行，划向库尔兹。但是障碍物越来越多，河水是危险而有浅滩的，锅炉中似乎真的有一个愠怒的魔鬼，不管是烧水工还是我都没有时间深想我们内心那些令人毛骨悚然的念头。

"在内陆站以下 50 英里处，我们遇到了一个芦苇制成的茅草屋，一根倾斜而凄凉的杆子，上面挂着认不出的碎布，某种飞扬的旗帜，一个码得整齐的柴火堆。这真令人意想不到。我们上了岸，在柴火堆里发现了一块薄木板，上面有一些模糊的铅笔字。辨认后是：'为你准备了木头。赶紧。谨慎靠近。'有一个签名，但很难辨

认——不是库尔兹——很长的一个字。'赶紧。'哪里？沿
河而上？'谨慎靠近。'我们还没有做到这一点。但这警
告不可能是指这个地方，因为只有靠近这里才能发现牌
子。上面出了点问题。但是是什么——有多严重？那是
个问题。我批驳了那个暗示性字样的愚蠢。周围的灌木
了无声息，也不能让我们看到远处。一块破烂的红色斜
纹织布的门帘挂在茅屋的门口，令人遗憾地拍打着我们
的脸。住所是废弃的。但我们可以看出一个白人不久前
住在那里。那里有一个简陋的桌子——两个柱子上有一块
铺板，一堆垃圾卧堆在一个黑暗的脚落里，我在门边捡
到了一本书，封皮几页不见了，书页已经被翻得极其脏、
软了；但是书脊被重新用白棉线缝好，看起来还算干净。
这是一个惊人的发现。书名是《关于航海艺术的几个问
题的探究》，由一个叫托尔或者陶森的男子所著——类似
这样的名字——皇家军舰的船长。讲的事情读起来似乎足
够枯燥，有解说性的图表和令人厌恶的数字表格，60 年

前的版本了。我尽可能轻柔地拿着这本迷人的古书，以免它毁在我手中。在书中，托尔或者陶森认真地探索了船链和滑车的断裂应变，还有其他一些这样的问题。不是一本很吸引人的书，不过一眼看去，你可以看到其目的很单一，一本切实关切正确的工作方法的书，使得这些低劣的书页虽然是多年前出版的，不仅是一本职业的启迪书，还有其他的内涵。这个朴实的老水手，伴着他的链条与绳索的话题，使我忘记了丛林和朝圣者，沉浸在美好感受中遇见了无误的真实的东西。在那里，这样的一本书足够精彩；但更让人惊奇的是书边的铅笔笔记，明显地针对文本。我不能相信自己的眼睛！它们是用密码写的。是的，它看起来像密码。想象一个人带着一本书描述这一无名之地并研究它——做笔记——用密码记录！这简直太神秘了。

　　"我模糊地意识到有一阵令人恐慌的嘈杂声，当我抬起眼睛，看到柴火堆不见了，经理在所有朝圣者的帮助之下，从河边向我大叫着。我把书放进口袋里。我向你保证离开阅读如同把我从古老的、可靠的、友谊的庇护中撕裂开来。

"我启动那蹩脚的引擎，继续向前开船。'一定是这个卑鄙的贸易者——这个入侵者。'经理喊叫着，恶狠狠地向我们刚刚离开的地方回望。'他一定是英国人。'我说。'如果他不认真，他将不能免除麻烦。'经理含糊其词地说。我假装天真地说在这个世界上没有人能免除麻烦。

"现在水流更快了，汽船仿佛最后一次喘息，船尾轮子慢吞吞地移动，我发现自己正踮着脚尖听着船只的下一次击打，因为在清楚的事实面前，我预料这可怜的家伙每时每刻都可能坏掉。如同观望生命最后的摇曳。然而我们还在缓缓前行。有时候我挑出前面一点的一棵树来测量朝库尔兹前进的距离，但总是在与它并肩之前就找不到它了。保持眼睛很长时间盯住一个物体对于人类的耐心有太多要求了。经理表现出极好的顺从。我非常焦急，开始自我斗争起来，是否要公开与库尔兹交谈；但在我能得到结论之前，我明白我说话或不说话，实际上我的任何行为不过是徒劳。有人了解或忽视有什么关系呢？谁是经理又有什么重要呢？有时一个人会有这样的闪念。这个事件的根本深深地位于表象之下，超出我的能力范围，不是我能干预得了的。

"到第二天晚上，我们断定离库尔兹的站还有大约8英里。我想继续推进，但经理看起来心情很沉重，告诉我航行到那里很危险，太阳已经很低了，他建议原地等待到第二天早晨。此外，他指出，如果遵循谨慎靠近的警告，那我们必须在白天行进——而不是黄昏或是黑暗的时候。这很合乎情理。8英里对我们来说意味着将近3小时的行驶，我也在河口的上游看到可疑的波纹。然而，我对耽搁的时间已懊悔得无语，而且很不理智，既然这么多个月都过去了，一夜多的时间并无大碍。因为我们有许多的木柴可供使用，切记谨慎，我把船停在河中央。

那里河道狭窄、笔直，两边堤岸很高，如同铁道的路堑。在日落前黄昏已降临很久。水流顺畅而快速，两岸悄无声息。生长着的树，与攀缘植物以及丛生的灌木束在一起，可能已变成了石头，即使是最柔弱的嫩枝，甚至最轻薄的树叶。它没有熟睡——看起来很不自然，如同恍惚状态。任何细微的声音都听不见。你吃惊地旁观着，开始怀疑自己失聪——然后夜晚突然降临，同时使你陷入黑暗。大约凌晨3点钟，一些大鱼跳出水面，溅起了声响很大的水花，仿佛开火的枪，惊得我跳起来。当太阳升起时，起雾了，暖暖的、潮乎乎的，比夜晚更加使人昏聩。它不流动，就在那里围绕着你，像固体的东西。在八九点钟，雾散了，如同升起了百叶窗。我们瞥了一眼高大的树丛，无边的黯淡无光的灌木，熠熠闪光的太阳光点挂在上面——全然寂静一片——随后白色的百叶窗又一次降落，顺顺的，仿佛从滑槽里滑下。我要了锚链，开始投掷它，又一次放开绳子。在它停止运行，没有嘎嘎的声响之前，一声叫喊，很大的叫声，在无限的荒凉、混沌的空气中慢慢响起。它停止了。一阵抱怨的喧哗声，在野蛮的嘈杂声中变调了，充斥着我们的耳朵。它的突如其来使我的头发在帽子底下直竖起来。我不知道它是如何打击他人的，对于我来说，仿佛雾气本身在尖叫，如此突然，显然是即刻从四面八方，这一狂暴、悲凉的喧闹声中升起的。在一片几乎不可忍受的过度尖叫的迅速爆发中，短暂的停留，使我在各种各样的愚蠢姿态中僵住了，一味地听着附近令人惊骇的、过度的沉寂。'上帝啊！什么意思——?'其中一个朝圣者在我的肘部结结巴巴地说——一个又矮又胖的人，拥有沙色的头发和红色的连鬓胡子，穿着侧面有弹力布的靴子，粉色的睡裤塞进他的袜子里。其他两个人整整一分钟都张着嘴巴，然后冲入了小客舱，又不能自制地冲出来，站在那儿投射出惊恐的目光，手里拿着'上了膛的'温切斯特式步枪。我们看到的只有我们所在的汽船，它的外形模糊了，仿佛要溶化似的，水雾的长条，大约两英尺宽，包围着它——这就是全部。其余的世界就我们目力和耳力所及都不见了，消失没有了；一扫而空，后面没有留下只言片语与影像。

"我继续向前开，让链条拉短一些，以便准备抛锚，有必要时立即起锚开船。'他们会攻击吗？'一个充满敬畏的声音低语着。'我们会在这片雾中都被弄死的。'另一个低语着。这些人的脸拉紧痉挛着，手微微颤抖着，眼睛都忘了眨。我非常奇怪地看到白人的表情与船员中黑人的差别，这些黑人与我们一样，对那段河水来说是陌生人，尽管离他们的家只有800英里之遥。这些白人，当然非常不安，此外被这样一种暴怒的吵闹弄得痛苦而震惊，有一种奇怪的表情。其他人有一种警觉，很自然的好奇表情；但他们的脸基本上是安静的，甚至他们中有一两个边拉链条边笑。几个人交流了短短的几句，咕哝着词句，仿佛满意地解决了事端。他们的头人，一个年轻、有宽阔胸脯的黑人，严肃地披着一件深蓝色边饰的衣服，粗大的鼻孔，头发艺术地梳成油亮的小圈，站在我附近。'啊哈！'我说，看在伙伴的份上，'抓住他们。'他牙齿咬得咯咯响，睁大的眼睛冒着血丝，尖尖的牙齿闪闪发光——'抓住他们。把他们交给我们。''给你，干吗？'我问，'你要怎么处理他们？''吃掉他们！'他简短地说，把胳膊肘倚在栏杆上，望向雾中，有一种尊严的、深邃的、沉思的样子。我无疑完全被吓到了，幸好没发生在我身上，他和他的同伴一定很饿：至少在过去的这个月他们一定感到越来越饿。他们已经工作了6个月（我想他们中没有一个人对时间有清晰的概念，如同我们在经历无数年代后所拥有的那样，他们仍属于时间的起点——没有沿袭的经历教会他们如此这般），当然，只要有一篇根据荒唐的法案写出的文章，或其他对这条河流的解决方案，任何人都不会费力去想他们是怎样生活的。当然，他们随身携带一些腐烂的河马肉，不会放长久，不管怎么说，即使是朝圣者，在一片粗糙的吵闹声中，没有扔大量的河马肉到水里。它看起来像一个粗暴的过程，但它确实是一种合法的自我保护。你总不能在醒着、睡觉或吃饭的时候闻着死河马肉的味道，与此同时还要保持你岌岌可危的生活。此外，他们每周给这些人3根铜丝，每一根9英寸长；理由是他们要在河边的村子里用此流通货币买日用品。你可以理解那工作是如何进行的。那里或者没有村庄，或者人是敌对的，或者如我们一样吃着罐头的主任，偶尔有一只公羊扔进来，并不想为了某种多多少少深刻的理由停下汽船。因此，除非他们吞下铜丝本身，或是用它做圈捕鱼，否则我看不出过多的薪水对他们有什么用处。我必须说它是由一家大型体面的贸易公司偿付的定期的价值。对于其他，唯一能吃的东西——尽管它看起来一点不像吃的——我看到在他们的拥有物里有一些如半熟的面团一样的东西，脏兮兮的、紫色的，他们把它包在叶子里，不时地吞一点，但太小了，看起来只是为看看而已，而不是为重要的营养目的。为什么在所有令人痛苦的饥饿魔鬼的名义下他们没有吃我们，与我们的人数是 30 比 5，他们也可以饱餐一顿，现在想起来还使我大为吃惊。他们是高大有力的男人，没有很多的能力来权衡结果，即使是这样，尽管他们的皮肤不再有光泽，肌肉不再坚实，还有勇气和力量。我看到了控制力，那些人类秘密的其中一个，阻住了这种可能性，已经在那里奏效了。我饶有兴趣地看着他们——不是因为想到我可能不久就会被他们吃了，尽管我得向你们承认，当时我发现——以一个全新的角度，可以说——这些朝圣者看起来足够不健康啊，我希望，是的，我真希望，我的样子不是如此——我该说什么呢？——如此——令人没有胃口：一种不切实际的虚荣感充斥着我的梦幻般的感觉，当时徘徊在脑海里。可能我还有点发烧。一个人不可能永远把手指放他的脉搏上。我经常'低烧'，或被其他事物所触动——荒野的戏弄和触碰，在如期到来的严重的攻击前最初的前奏。是的，当对身体做无情的、必要的考验之时，我看待他们如同你们对任何人类，对他们的冲动、动机、能力、弱点都很好奇。控制力！可能是什么样的控制呢？是迷信、厌恶、耐心、恐惧，还是某种原始的荣誉？没有恐惧能抵挡得住饥饿，没有耐心能使它消除，哪里有饥饿，厌恶简直就不存在了；至于迷信、信仰，你所谓的原则，它们还不如微风里的谷壳。你知道持续饥饿的恶行吗？它的令人恼怒的折磨，它的黑暗的念头，它的幽怨郁闷的暴行？是的，我经历过。它需要一个人用所有内在的力量去尽力地抵制。比起这种持续的饥饿，面对亲人离世，耻辱名誉，人的灵魂的毁灭真的更容易些。悲哀，但很真实。这些人实在没有任何顾忌的理由。控制力！我将很快想到一只鬣狗在战场尸堆里的控制力。但是事实在我面前——令人炫目的事实，将被看到，如同深海中的泡沫，如同令人难以理解的谜泛起的涟漪，当我想起它，比起在河岸上，令人眩目的白雾后面在我们身边扫过的一片的狂暴的喧闹中那种令人好奇的、无法理解的、绝望的悲痛，它是一个更加神秘的事物。

　　两个朝圣者在匆忙的低语中争吵着应该靠到岸哪边。'左边。''不，不，你怎么可能这么说？右边，当然是右边。''情况很严重，'在我身后是经理的声音，'如果在我们到来之前库尔兹先生发生了什么事我会很难过的。'我看着他，丝毫不怀疑他的诚意。他就是那种希望保持外表的人，那是他的自控力。但当他咕哝着说什么要立刻前进，我甚至想都没想就回答他了。我知道，他也知道，那是不可能的。如果控制不了船底，我们将绝对在半空中——悬空了。我们将不能说出要去的方向——是上游还是下游，或是穿过水流——直到我们抵达岸的一边或另外一边——而当时我们开始并不知道是哪一边。当然我原地不动。对于冲击，我没有任何想法。你无法想象比船难更致死的地方了。不管是否立即沉没，我们肯定会以这样或那样的方式很快丧生。'我授权给你冒一切风险。'在短暂的寂静之后，他说。'我拒绝冒任何风险。'我快速地说。这正是他想要的答案，尽管声调可能使他吃惊。'好吧，我必须服从你的判断。你是船长。'他说，带着明显的客套。我把肩膀转向他，表示我的赞赏，并向雾气望去。它要持续多久？它是最无望的瞭望，抵达这个在恶劣的丛林中攫取象牙的库尔兹那里，被众多危险包围着，仿佛是一个被施了魔法的公主睡在寓言般的城堡里。'你认为他们会进攻吗？'经理以一种何密的语气问道。

"我认为他们不会进攻，有几个明显的原因。大雾是其一。如果他们用独木舟离开岸边，他们会迷路的，正如我们如果试图开船也会迷路一样。还有，我也断定两岸的丛林是很难通过的——还有许多双眼睛在其中，看到了我们。河岸的灌木丛当然很茂密；但后面的小灌木显然是可以通过的。然而，在雾气散去的短短时间内，我没有看到河口有任何划艇——当然没有并肩的汽船。但是，使我认为进攻的想法难以置信是由于噪声的本身——我们听到的喊叫声。他们没有暴怒的特征预兆直接的敌对意图。由于他们一直令人意想不到，他们给我一种不可抗拒的、疯狂的、猛烈的伤痛感。一看到汽船，出于某种原因，那些野蛮人便充满无限的悲痛。危险，如果有的话，我解释为，是我们接近到人类释放出来的盛怒。即使是极其的悲痛最终可能用暴力发泄出来——但更通常的是以冷漠的形式……

"你们应该看看朝圣者的盯视！他们无心微笑，抑或来斥责我；但我相信他们认为我疯了——可能出于恐惧。我发起一次惯例的演说：'我亲爱的孩子们，烦恼是没有用的。保持警戒？而你们可能猜想我观测大雾，寻找散去的迹象，如同一只猫看着一只老鼠；但对于其他的事情，我们的眼睛对我们没有更多的用处，好比我们如果被埋在一堆几里深的原棉中，它也使人感觉——令人窒息，热烈而沉闷。'此外，我所说的，尽管它听起来放纵，但绝对是忠于事实。我们后来提及的进攻实际上是一种驱逐的尝试。该行为远不是挑衅性的——从通常的意义上讲，它甚至不设防；它是在绝望的压力下进行的，本质上是一种纯粹的自卫。

"情况自己好起来了，我应该说，雾消散 2 小时后，它的发端在一片地域，大致说，离库尔兹站 1.5 英里。我们刚刚在一个转弯处挣扎着、笨拙地移动着，这时我看到了一个小岛，一片仅仅长满亮绿色草的小山丘，在河流中央。它只不过是类似的东西；但当我们进一步打开河段后，我发现它是一条长长的沙堤的发端，或者说是一连串小片浅滩延伸到河中央。它们是褪了色的，仅仅与水面齐平，整个块状的地方被看到就在水下面，正如一个男人的脊骨穿行在皮肤下的后背中央。现在，就我目力所及，我只能到它的右边或左侧。当然，我不知道两边的任何一个河道。堤岸看起来很相似，深度看起来也相同；但当我被告知站在西侧，我自然朝西边驶去。

　　"我完全进入它时，我发觉它比我想象的要窄得多。我们的左边有连绵的浅滩，右边是高高的、陡峭的堤岸，长满了灌木丛。灌木的上面，树木林立。悬在水流之上的细枝很浓密，间隔着某棵树的一个大树枝牢牢地深入水流。当时正是下午，森林的外观是幽暗的，宽宽的一道暗影已落入水中。在这条暗影下，我们的汽船向上行驶——非常慢，你们可以想象。我刚好转舵，使它到河岸——临近岸边的水是最深的，有探测棒报告给我。

　　"其中一个饥饿难耐的朋友在转弯的地方测着水深，就在我下面。这艘汽船就像一个有甲板的方驳。甲板上有两个柚木小木屋，带门和窗。锅炉在前端，机械装置就在后面。在整个屋子上面有一个天窗顶，支在柱子上。烟囱凸出屋顶，前面是一个小船舱，用薄木板制成，用作驾驶室。里面有一张长沙发，两把折椅，一支马蒂尼－亨利步枪上着子弹倚在墙角，一张小桌子，还有舵轮。

前方有一扇宽敞的门，每一边都有一扇宽宽的百叶窗。当然，所有这些都一直开着。我每天都在那里，屋顶的最前方——门前。夜间我在沙发上睡觉，或者努力做到。一个体格健壮的黑人属于某个岸上的部落，被我可怜的前任教诲，成为舵手。他炫耀着一双铜耳环，从腰间到脚踝用一块蓝布包着，并自命不凡。他是我所见过的那种最不可靠的白痴。你在他身边时，他掌舵，不停地趾高气扬；但如果他看不见你，即刻变成绝望的恐惧中的牺牲品，并倾刻让颠簸的沉船弄的他没有办法。

"我朝探测棒下方望去，使我非常恼怒的是，我看到每试深一次，它都伸出河面一点，这时我看到我的探测员突然停止工作，仰面朝天地平躺在甲板上，甚至毫不费力地就拉出了他的杆子。尽管他还抓着它，但杆子已落入水中。与此同时，在我下面还可以看到伙夫，在他的锅炉前突然坐下，低下了头。我很惊讶。随后不得不迅速察看水势，因为在航道上有一个障碍。棍子，小棍子，在四处飞——很密集：它们从我鼻尖前‘嗖嗖’飞过，落在身下，打我身后打在我的驾驶室墙壁上。此时河水、河岸、树林，一切都很寂静——非常静谧。我只能听到船尾轮子水花飞溅的重击声及其拍打声。我们笨拙地躲过了这个障碍物。箭，上帝！我们被射击了！我快步飞奔过去，关掉朝向陆地的百叶窗。那个愚蠢的舵手，他的手放在辐轮上，高高地抬起膝盖，跺着脚，咬着嘴，像一匹被勒住的马。该死！而我们的摇摇晃晃地开船离河岸只有 10 英尺。我不得不倾身，去挂起重重的百叶窗，在缝隙中我看到与我在一个水平线上的一张脸，异常愤怒地直视着我；随后突然，仿佛有面纱从我的眼前移开，我辨认出，在深深的杂乱的阴暗中，赤背、手臂、大腿、怒视的眼睛——灌木丛中集聚着运动中的人的肢体，古铜色的，一闪一闪的。嫩枝摇动着，发出沙沙声，箭从他们那里飞出，然后落到百叶窗上。‘把住舵，一直向前！’我向舵手示意。他僵硬地抬头，脸朝前，但他的眼睛转动着，继续抬起身，轻轻地放下他的脚，嘴巴里有点吐白沫。'保持镇静！'我狂怒地说道。我可能也不过是命令一棵树不要在风中摇摆。我飞奔出去。在我下面的铸铁甲板上有很多脚步声，混乱的惨叫声。一个声音尖叫着：'你能掉个头吗？'我看到前面水面上有V字形的波纹。又一个障碍物！我脚下爆发了一阵射击声。朝圣者的温切斯特式步枪开火了，只不过是向丛林里发射铅弹。两股烟冒起来并向前慢慢散去。我诅咒它。现在我既看不到波纹，也看不到障碍物。我站在门口，窥视着，箭蜂拥而至。它们可能有毒，但看起来仿佛杀不死一只猫。丛林开始咆哮。我们的樵夫发出战争般的怒吼；我后面的步枪声震耳欲聋。我向后瞥了一眼，看到当我猛冲一下轮子的时候，驾驶室充满了噪声和烟雾。那个愚蠢的黑人扔了所有东西，把百叶窗打开，拿着马蒂尼－亨利步枪开火。他敞开窗门站在那儿，怒视着，我喊话让他回来，并校直突然转弯的汽船。即使我想，也没有地方转弯，障碍物在前面不远处的浓烟深处，没有时间耽搁，因此我只得把船挤入堤岸——就在堤岸处，我知道水很深。

　　"我们在一串串折断的嫩枝中，在飞起的树叶中慢慢扯开沿岸悬伸的灌木。下面的射击短暂地停止了，正如我所料，没有箭了它会停下来。我扭过头去，嗖地飞射过去的一颗子弹穿过驾驶室，在百叶窗上射了一个洞，从另一扇窗中飞出。看了看刚才那位疯狂的舵手，他正晃着空空的步枪朝岸边大喊大叫，我看到人们模糊的身影弯着腰跑着、跳着、滑动着，时而清楚，时而模糊，逐渐消失了。百叶窗前的空间有一个巨大的东西显现，步枪从船上滑落，这家伙快速地向后倒退了几步，扭头看了我一眼，非常地深邃且熟悉，跌倒在我的脚下。他的头一侧撞到轮子两次，一个像是长棍子的东西的一头'哗啦'一声掉转过来，打翻一个小地凳。看起来仿佛是他从岸上的某个人那里将它猛扭过来后，在挣扎中他失去了平衡。薄雾已经被吹走,我们躲开障碍物,向前望去,我能看见在下 100 码左右的地方,可以自由转向,离开堤岸;但我的脚感到热乎乎、湿漉漉的,不得不向下望去。这个家伙滚到地上,后背朝下,直视着我;两只手紧紧抓着那条棍子。它是一支矛的杆,从打开的窗飞入或刺入,正中他肋骨下面的一侧;矛锋已看不到了,在他身上划开了一条可怕的裂口;我的鞋子满满的,一篓血,静静地,在轮子下面闪着暗红色的光;他的眼睛闪着惊异的光。猛烈的齐射又一次爆发了。他焦急地看着我,像抓住宝贝似的紧紧地抓住矛,唯恐我会使劲从他手中抢走。我不得不从他的盯视中转移目光,专心掌舵。我用一只手摸到了头上的汽笛绳,一次又一次匆忙地拉响刺耳的汽笛声。愤怒的骚乱声和作战的喊叫声马上被制止了,随后从树林深处发出了胆怯的、持续的、恐惧的哀号声,彻底的绝望,可以想象成大地的最后一线希望消逝了。从林里发生了很大一片骚乱,雨点般的箭停止了，几支空射的箭嗖地飞落——随后一片寂静，船尾明轮无力的击水声清楚地传入我的耳中。此时，我用力向右舷推了一下舵，穿着粉色睡裤的朝圣者喧闹不安地出现在门口。'经理派我来的——'他以官腔开始，很快结束。'上帝！'他说着，瞪大眼睛看着这个受伤的人。

　　"我们两个白人站在他身边，他目光炯炯，带着询问的眼神环视着我们两个。我断言好像他要用一种可理解的语言向我们表达某个问题，但他一声不吭地死了，四肢一动不动，肌肉也没有抽搐。仅在最后时刻，仿佛回应了我们看不到的某个示意，听不到的耳语，他重重地皱了皱眉，那一皱给他黑色的死亡的面孔增加了一种不可名状的阴郁、沉思、险恶的表情。带有询问的目光很快地褪色成为空洞的玻璃体。'你能掌舵吗？'我焦急地问着代理商。他毫无把握地看着；但我拉了一下他的胳膊，他立刻明白我的意思——不管会不会都要掌舵。告诉你们实话吧，我焦急地发疯似的要换换鞋袜。'他死了？'

那家伙咕哝着，受到了极大的触动。'毫无疑问。'我说，疯了般地猛拉鞋带。'然而顺便说一下，我料想此刻库尔兹也死了。'

"此刻这个是支配一切的想法。有一种极其失望的感觉，仿佛发现自己一直在为一件毫无意义的事努力。使我不能再恶心的事是，如果我的全部旅行唯一的目的是与库尔兹谈话，与……谈话。我向船外扔出一只鞋子，明白了那正是我一直在希望的——与库尔兹谈话。我奇怪地发现我从未想象过他在干些什么，你知道，而只是想象他的言语。我没有对自己说，'现在我将永远不见他'或者'现在我将永远不与他握手'，但是，'此刻我将再也听不到他说话了'。此人以一种声音呈现自己。并不是我没有用某种行为与他联系。难道我没有在所有嫉妒、艳羡的口吻中被告知他已经聚集、交换、诈取或者偷走了比所有其他代理人都多的象牙？这不是关键。关键在于他是一位天才，在他所有的天赋中最突出的能让人切实感受到的是他讲话的能力，他的语言——表达的天赋，令人迷惑的、启发性的、最高尚和最可鄙的讲话才能，是智慧之光的搏动，抑或是一种来自不可穿越的黑暗之心的欺骗的涌动。

"另一只鞋子飞向了那条见鬼的河。我想，'该死！一切都结束了。我们太晚了；他已经消失了——这个天才已经消失了，由各种矛、箭或者棍棒致死。我终于再也听不到那家伙讲话了。'——并且我的懊悔带着一种惊人的情感浪费，甚至如我注意过丛林中这些野人的咆哮的悲哀一般。我从来没有感觉到如此的孤寂，难道我被掠走了信念，或是丢失了自己一生的命运……为什么你以这种野蛮的方式叹息某个人？荒谬？对，荒谬。上帝！难道不该有人——来，给我一些烟草。"

有一段深深的静默，随后一根火柴擦亮，马洛那瘦瘦的脸出现了，疲惫不堪的、空洞的、满是皱纹的眼睑低垂，带着一种全神贯注的模样；而当他猛吸烟管，在夜色中它似乎灭了又着，微弱的火光在规律地闪动。火柴灭了。

　　"荒谬！"他喊道，"这是你要讲的最糟糕的事……你们都在，每一个人跟着两个了不起的指挥，如一条船有两个锚，一个屠夫在一个角落，一个警察在另一个角落，极好的食欲，正常的体温——你们听着——一年又一年周而复始地正常。然后你们便说，荒谬！荒谬——见鬼去吧，荒谬！我亲爱的孩子们，你们从一个出于紧张，刚刚向船下挥掉一双新鞋子的人那里，能指望什么呢？现在我想了想它，令人惊诧的是我没有流眼泪。对于这一切，我对自己的坚毅很自豪。一想到丢掉了听天才库尔兹讲话这一无价的特权，我便被击中了痛处。当然我错了。这一特权在等待着我。噢，是的，我听到的数不胜数。我也是对的。一个声音，它仅仅是一个声音。而我听到——它——这个声音——其他的声音——所有的它们只不过是声音——而那一时刻的记忆本身萦绕着我，无形地，如一种垂死的心灵感应，一种无边的含糊不清，愚蠢、残暴、肮脏、野蛮或者简直是卑鄙，没有任何道理。声音，声音——甚至是女孩本身——现在——"

他沉默了很长一段时间。

"我对这个幽灵般的天才最后撒了一个谎。"他突然开始喊道，"女孩！什么？我提到一个女孩吗？噢，她置身于外——全然地。她——妇女，我的意思是——置身于外——应该置身于外。我们必须帮助她们保留在她们自己美好的世界里，以免我们的世界变得更糟。噢，她必须置身于外。你们应该听到被挖出来的库尔兹先生的尸体说：'我的意中人。'你们会直接洞察到她完全置身于外。库尔兹先生高高的前额！他们说那头发有时还继续长，但这个——啊——标本，是秃顶，令人难以忘却。荒野抚摸着他的头，瞧，它像一个球——一个象牙球；它抚慰过他，并且——看！——他已经凋谢；它带走了他，爱抚他，拥抱他，深入血脉，消耗着他的肉体，封缄着他的灵魂，通过某种魔鬼似的、启蒙的、不可思议的仪式。他是它的宠儿。象牙？我应该这样想。一堆堆、一垛垛的，旧泥棚里充斥着它。你们会想整个国家地上或是地下没有留下一根象牙。'多数是化石。'经理轻蔑地说道。它还没有我大；但当它被挖出来后，他们称它为化石。这些黑人似乎有时真的会掩埋这些象牙——但显然，他们不能把这个包裹埋得足够深，来拯救天才的库尔兹先生的命运。我们把它装满汽船，不得不在甲板上堆成山。因此只要他能看见就会高兴，因为对这象牙的欣赏保留到他寿终。你们应该听到他说：'我的象牙。'噢，是的，我听到了。'我的意中人，我的象牙，我的贸易站，我的河流，我的——'每件事都属于他。它使我屏住呼吸，希冀听到荒野爆发出惊人的、巨大的笑声，动摇他们领地上的这些恒星。样样东西都属于他——但那是琐事。我想知道的事情是他属于什么，有多少黑暗的势力为了他们自己而需要他。一想到这就让你全身毛骨悚然。这是不

可能的——这对一个人也没什么好处——好好想想吧。他
在这片魔鬼的土地上占据高位——我的意思并无夸张。你
们不能理解，你们怎么会呢？——坚实的路在你们脚下，
善良的邻居愿意为你高兴或指责你，微妙地踏在屠夫与
警察之间，对于丑闻、绞刑以及疯人院的至善的恐惧——
你怎么能想象一个人孤独地、毫无节制地踏入远古时代
的一个特别区域，没有警察，彻底的孤独与寂寞，完全
的寂寞，在那里，没有一个善良的邻居低声警告你公众
的意见？这些小事大不相同。当它们消逝时，你必须依
靠自身的内在的力量，保持正确的能力。当然你也许太
傻了，以致不会犯错——太迟钝了，甚至不知道你被黑暗
的势力胁迫。我认为，没有傻子会让他的灵魂与魔鬼讨
价还价：愚蠢的人实在太愚蠢了，或者说魔鬼实在是太
邪恶了——我不知道是哪一种。或者你可能是非常高尚
的一个生灵，除了天堂的景象与声音对一切都置若罔闻，
而土地对于你来说只不过是一个立足之地——我不会佯装

地说这是你的损失还是你的所得。但我们中的大多数二者皆非。土地对于我们来说是一个生活的地方，在那儿我们必须容忍视像、声音，还有味道，天哪！——比方说，呼吸死河马的味道，不被污染。而这里，你没看见吗？你的内力介入了，你相信能够挖掘实实在在的洞来埋藏这些东西的——你献身的力量，不对你个人，而是对于难以捉摸的，使人筋疲力尽的工作。那是足够困难的。注意，我并不是在试图找借口，甚至是解释——我是努力为——为库尔兹先生的影子设法向自己说明。这个不知道追溯到哪里的启蒙幽灵在它完全消失之前，以它惊人的信心给我以荣誉。这是因为它能对我讲英语。最初的库尔兹受了部分的英伦教育，并且——就像他说的那样——他的怜悯之心没有用错地方。他的母亲是半个英国人，他的父亲是半个法国人，整个欧洲造就了库尔兹。后来我认识到，很准确地说，国际禁止野蛮习俗协会委托他写一份写好的报告，用于未来的指导。他也写了它，我见到过它。我读过一遍。它是雄辩的，但我认为太过敏感。17页密密麻麻的写作，他真有时间！但这一定是在他的——让我们说——神经崩溃之前写的，使得他主持午夜的舞蹈，以不可名状的仪式结束，这仪式——就我在各个时段并非自愿收集的我听来的消息来看——是这些仪式提供给他——你明白吗？——提供给库尔兹本人。但那是一份出色的文稿，然而开头段，依据后来的信息，现在给我一种不祥的感觉。他以这样的论点开始，我们白人，从发展的角度来看，我们认识到，'有必要向他们（野蛮人）显现超自然人类的特质——我们拥有神性降临到他们这里'，等等。'通过简单的意志的训练，我们能够施以一种几乎无限的善的力量'，等等。从这一点，他高涨了我的情绪并驱使我与他在一起。结束语很精彩，尽管很难记住，你知道。它给了我一种概念：由威严的仁慈统治的异国的神力。它使我异常激动。这就是雄辩无边的法力——词句——炙热的贵族的语言。没有真正的暗示来打断这一魔力的流畅的语言，除了最后一页的某些笔记，显然是很久以后潦草地写上去的，用不稳的手，可以看作一种方法的表述。它很简单，在那个提议的结尾，呼吁每一个打动你的无私的情感，明确而恐怖，如同平静天空中的一道闪电，它大声宣扬：'消灭所有畜生！'令人好奇的是他显然忘记了所有有价值的附录，因为后来，当他有些清醒过来的时候，他反复恳求我好好照顾'我的小册子'（他这样称它），它肯定对他未来的生涯有好的影响。我完全了解这所有的一切，此外，如后来证明，我要料理他的记忆。对此我做得足够多，于是得到无可争议的权力来处理它，如果我愿意的话，在所有的扫舱货之中，象征性地讲，如文明世界中所有的死猫，把它们永远闲置在行程的垃圾箱里。但在当时，你知道，我不能那样做，他不能被忘记。无论他是什么，他并不普通。他有魔力或使原始的灵魂恐惧，出于对他的尊重，跳一种刺激的巫术的舞蹈；他也能使朝圣者渺小的灵魂充满痛苦的疑虑：他至少有一个忠实的朋友，他征服了这个世界上的一个既不原始又没有在自我求索的过程中受污染的灵魂。不，我不能忘记他，尽管我没有准备好确定这个家伙真的值得我们丢掉性命去找寻他。我痛苦地思念我已故的舵手，——甚至在他的尸体还躺在驾驶舱里时我就开始想念他了。可能你会认为对于一个不过是幽暗的撒哈拉沙漠的一粒沙而已的野蛮人抱憾在当时有些奇怪。然而，你没看见，他做过事情，他掌过舵；几个月来我让他在我身后———一个帮手———一个工具，这是一种伙伴关系。他为我掌舵——我不得不照顾他，我担心他的缺陷，因而一种微妙的纽带产生了，它突然断了我才发现。当他受伤时他那亲密而深邃的样子一直在我的记忆中保留到今天——如同一个远房至亲在最重要关头的索求。

"可怜的傻瓜！如果他不去靠近那扇百叶窗就好了。他没有克制力，没有自控——就像库尔兹一样———一棵在风中摇曳的树。我一穿上一双干燥的拖鞋，首先把矛从他的一侧猛拉出来后，再把他拽出来，我承认做这个动作的时候我紧闭双眼。他的脚跟一齐跃过小门阶，他的肩膀压在我的胸前，我从后面拼命地抱着他。噢！他很重，很重；比任何人都重，我应该这样想。然后免去更多麻烦，我把他翻倒到船下去。水流很快吞噬了他，仿佛他是一捆草，我看到尸体翻了两下，之后再也看不到了。所有的朝圣者和经理那时都聚集在驾驶舱的带着棚子的甲板上，彼此喋喋不休地说着，像一群兴奋的喜鹊，对于我的无情与迅速有一阵令人愤慨的低语声。我猜不出他们想保留那具尸体干吗，给它涂上香膏？可能。但我也听到另一种非常不吉利的在甲板下面的低语。我的朋友——伐木者们也感到愤慨，更加表明了原因——尽管我承认原因本身非常令人难以接受。噢，非常！我已下定决心——如果我已故的舵手要被吃的话，鱼类应该独享。他生前是一个很平庸的舵手，但现在他死了，他可能变成一级诱惑，可能导致一些惊人的麻烦。此外，我焦急地掌着舵轮，穿着粉色睡裤的男子在这一差事面前显得无能为力。

"这场由我亲自主持的简单葬礼结束了。我们半速前进，保持在水流正中央，我听着他们对我的谈论。他们已经放弃了库尔兹，放弃了贸易站；库尔兹死了，站点也被烧了——等等，等等。那个红头发的朝圣者发狂地认为这个可怜的库尔兹已经被适当地报复了。'看！我们一定在丛林里对他们进行了一次大屠杀。嗯？你们认为呢？'他乐观地跳着舞，那个嗜血的、易怒的小乞丐。而当他看到这个受伤的人几乎昏过去了！我禁不住说：'不管怎么说，你们弄出了许多烟雾。'我看见，子弹从丛林的顶端那边发出沙沙声，然后飞了，由此表明几乎所有的射击都太高了。你射不中任何东西，除非从肩膀瞄准，开火；但这些家伙把枪抵在屁股上射击，并且闭着眼睛。后退，我坚持说——而我是对的——是由于汽笛的尖叫声造成的。听到这个他们忘记了库尔兹，开始对我咆哮，愤怒地抗议。

"经理站在舵轮旁边，悄悄地咕哝着有必要在天黑之前无论如何沿河离开这里，这时我看到远处河边有一片空地和某种建筑的轮廓。'这是什么？'我问。他惊讶地拍着手。'贸易站！'他喊道。我立即靠边，仍然半速前进。

"透过望远镜，我看到山坡上散落着的稀少的树木，没有任保灌木。山顶上长条的腐烂的建筑半埋在高高的荒草里；尖顶上的大洞从远处张开黑色的嘴巴；灌木和树林做背景。没有围绕物或者栅栏之类的东西；但显然过去有过，因为在房子附近有半打的细木桩保留成排，粗略地修剪过，上面装饰着圆形的雕刻过的球状物。围栏，或者其间的其他什么东西，已经不见了。当然周围一片树林。河堤很清晰，在水边我看到一个白人，戴着一顶像个车轮子的大檐帽，不停地用他的整个手臂招手。审视了一下树林边上的上上下下，我几乎肯定我能看到活动的东西——人影到处流动。我小心翼翼的把船开过去，关掉引擎，让船随波荡荡。岸上的人开始大喊，让我们上岸。'我们被袭击了。'经理尖叫着。'我知道——我知道。一切都好，'另一个人喊话回来，非常高兴，'快开过来，一切都好。我很高兴。'

"他的样子使我想起我看过的某样东西——在某个地方看到的滑稽的东西。当我把船靠岸，我问自己，'这家伙像什么？'突然间我想起来了，他看起来像一个丑角。他的衣服可能用棕色的荷兰布制成，但全身都是鲜艳的补丁，蓝色的、红色的，还有黄色的，——后背有补丁、前面有补丁、肘部有补丁、膝盖上有补丁，五颜六色地缝在他的夹克上，裤子底下有深红色的边。阳光使他看起来十分愉悦，而且非常整洁，因为你可以看到所有的补丁做得有多么的漂亮。一张没有髭须的，孩子的脸，非常美好，没有什么特征可言，鼻子脱了皮，小小的蓝色的眼睛，在那张开朗的脸上时而微笑，时而皱眉，如同风卷的平原，时而阳光，时而阴影。'小心，船长！'他喊道，'昨晚这儿有一块障碍物挡在那里。'什么！另一块障碍物？我承认我骂得很难听。我差点把这条破船打了个洞，才结束了那次魔法般的旅行。岸上的这个丑角把他的巴狗鼻冲我扬了扬。'你是英国人吗？'他问，一直在笑。'你是吗？'我从舵轮那儿喊道。他笑容消失了，摇摇头，仿佛对我的失望表示遗憾。随后他又开朗起来。'没关系！'他鼓励地大喊着。'我们来得及时吗？'我问道。'他在那上面。'他回答说，回头望向山上，突然变得阴郁起来。他的脸像秋天的天空，此刻阴天，下一刻又晴朗。

"当经理由朝圣者们陪着，他们所有人都全副武装，走进房子，这个小伙子上了船。'我说，我不喜欢这样。这些当地人在灌木丛中。'我说道。他认真地向我保证说没问题。'他们是简单的人，'他加上一句，'然而，我很高兴你们来。我一直在让他们不靠近。'但你说没问题。'我喊道。'噢，他们没有危害。'他说。当我盯视的时候，他自我纠正说：'不全是。'然后愉快地说道：'我相信，你的驾驶舱需要清理一下！'紧接着他建议我保留足够的蒸汽在锅炉里，以便拉响汽笛，以防万一。'一次大声的尖叫比你们所有的步枪都管用得多。他们是些简单的人。'他重复着。他喋喋不休，以至于完全压过了我的声音。他似乎试图搪塞许多时候的缄默，实际上是笑着暗示，事实就是如此。'你没有跟库尔兹先生谈过话吗？'我说。'你不是在与这个人交谈，你在倾听他。'他强烈地表达，非常得意，'但现在——'他挥舞着胳膊，转眼间陷入了极度的消沉之中。片刻后，他又跳过来，抓住我的两只手，不停地摇，他急促而含糊地说：'水手兄弟……荣幸……高兴……愉快……自我介绍……俄罗斯人……一个主教的儿子……坦波夫政府……什么？烟草！英国烟草；极好的英国烟草！噢，太亲切了。吸烟？哪有水手不吸烟的？'

"烟管使他镇定下来，渐渐地我明白他从学校跑出来，上一条俄罗斯船出海，又逃跑了；一段时间在英国船上服务，现在与主教和解了。他表明了这些。'但一个人年轻时必须看世界，积累经验，主张，开阔思想。''在这儿！'我打断他说。'你永远也不知道！在这儿我遇到了库尔兹先生。'他说，幼稚、庄重并带有责备的。此后我就闭口不言了。好像是他说服了一个岸上荷兰商行来供应他储备和货物，带着轻松愉快的心情向内陆出发，如婴儿一般，不知道在他身上会发生什么事情。他在那条河上一个人游走了将近两年，与所有人、所有的事情断绝联系。'我没有看起来那么年轻。我25岁。'他说。'首先老船员告诉我见鬼去吧，'他非常愉快地叙述，'但我黏着他，说呀，说呀，直到最后他怕我唠叨个不停，因此他给了我一些便宜东西和几支枪，告诉我他希望再也看不见我的脸。荷兰佬，老船员。一年前我送给他一小部分象牙，以便我回来时他不能称我为小贼。

我希望他明白。其余的事我不关心。我为你堆了一些木头。那就是我的老屋。你看到了吗？'

"我给了他陶森的那本书。他仿佛要吻我，但又控制住自己。'我留在那儿的唯一一本书，我以为弄丢了。'他说着，欣喜若狂地看着它。'一个单身出游的人身上发生了这么多事，你知道。有时独木舟会翻——有时当地人生气时就要赶快逃开。'他翻着书页。'你用俄文做笔记吗？'我问。他点点头。'我认为它们是用密码写成的。'我说道。他大笑，然后变得严肃起来，'我费了很大力气才让这些人离开。'他说。'他们想杀了你吗？'我问。'噢，不！'他喊道，自我核实了一下。'为什么他们袭击我们？'我追问道。他犹豫了一下，然后羞愧地说：'他们不想让他走。''是吗？'我好奇地问。他点点头，充满神秘与智慧。'我告诉你，'他喊道，'这个人拓展了我的思想。'他大大地张开双臂，用蓝色的小眼睛凝视着我，瞪得圆圆的。"

III

　　"我看着他，惊诧不已。他站在我面前，穿着杂色的衣服，仿佛是从滑稽剧团跑出来的，热心而难以置信。他的特别存在就是不可能，无法理解，总之令人迷惑不解。他是一个不可捉摸的人。他是如何存在的令人不可思议，他怎么成功地走了那么远，如何试图做到依然存在——为什么他没有瞬间消失。'我走得远一点儿，'他说，'然后再远一点儿——直到我走了如此远的距离，不知道自己是怎么回来的。没关系，有很多的时间，我可能对付。你快把库尔兹带走吧——赶快——我告诉你。'青春的迷人的美盖住他斑驳的褴褛、他的贫困、他的孤独，他徒劳地游走的忧伤的特质。几个月——几年——他的一生不值一天的购买；在那里他是勇敢的、轻率的而有生气的，对于不可诋毁的所有外表，只因他多年的童真和不假思索的大胆。我禁不住钦佩——几近嫉妒了。他的美好驱使他继续，他的美好使他未受伤害。他真的没有向荒野索取什么，只有呼吸的空间和生计的继续。他的需求是存在，继续向前，以最大的可能冒险，伴着极度的贫困。如果这种绝对的纯真，没有心计的、不切实际的冒险精神曾经统治过一个人，那么它统治了这个满身补丁的年轻人。我一直羡慕他拥有的谦逊的、清澈的生命之光。它似乎荡尽了个人全部的思想，以至于甚至当他与你交谈时，你忘记是他——在你眼前的这个男子——他经历了这些事情。然而我不羡慕他对库尔兹的忠诚。他不曾思考过，事情发生在他个人身上，他用一种热切的、宿命的心态来接纳它。我必须说不管怎样，他迄今所经历的对我来说仿佛是最危险的事。

"他们不可回避地碰到一起，像两条伫立不动的船在彼此附近，最终放置在那儿擦碰着边缘。我猜想库尔兹想要一个听众，因为某一次，当驻扎在树林里，他们通宵达旦地聊天，或者更多的可能是库尔兹在说。'我们无所不谈，'他说，回忆起来异常兴奋，'我忘记了还有睡觉这件事。这个晚上仿佛持续了不到一小时。所有！一切！也有爱。''啊，他跟你谈爱情！'我说，很是打趣地。'不是你想的那样，'他叫到，几乎激动不已，'寻常事。他使我开阔了眼界——眼界。'

"他伸出双臂。此刻我们在甲板上，我的伐木工头在附近闲荡，张开他沉重的闪着光的眼睛朝向他。我环视着周围，不知道为什么，但我向你们保证以前从来没有，这片土地，这条河流，这片丛林，这片该死的宫穹，对我来说如此的无望，如此的黑暗，对于人的思想是如此的费解，对于人的弱点是如此的无情。'而从那以后，你当然一直和他在一起？'我说道。

"事情正好相反。好像他们的交往被各种原因破坏得很严重。如他自傲地告诉我，他已经努力做到护理库尔兹度过了两次疾病（他顺便提起它，如同你愿意提到某个冒险的壮举），但一般来说，库尔兹在深深的丛林中，一个人游走。'经常去这个站，我不得不等好多天他才出现，'他说，'啊，他值得等待！——有时。''他做什么？探险还是什么？'我问。'噢！是的，当然，他发现了许多的村庄，还有一个湖——他不知道确切的方向；打听太多是危险的——但他的大多数远征是为了象牙。''但当时他没有物品来贸易。'我反驳道。'还剩下许多弹药呢。'他回答说，扭头看看别处。'坦率地说，他抢劫了这个村庄。'我说。他点点头。'不是一个人，当然！'他低声含糊地说了有关湖周围村庄的事情。'库尔兹让部落追随他，是吗？'我问道。他有些不安。'他们崇拜他！'他说。这些话的语气是如此的特别，以致我试探性地看着他。很奇怪看到他既渴望又不情愿讲起库尔兹。这个男人填满了他的一生，占据着他的思想，控制着他的情感。'你能希望什么呢？'他大声叫道，'他带着雷鸣和闪电来到他们中间，你知道——他们从没见过像这样的东西，非常恐怖。他可以非常恐怖。你不能判断库尔兹先生如你想象的普通人。不，不，不！现在——告诉你吧——我不介意告诉你，一天，他也想射杀我——但是我不想指责他。'‘射杀你！’我喊道，‘为什么？’‘就是我有一小块象牙，是我房子附近那个村庄的族长给我的。你知道我过去常常为他们狩猎。而他想要它，并不听解释。他声称他要向我开枪，除非我给他那些象牙，然后离开那个村庄，因为他可以这样做，对此有癖好，并且这世上没有什么东西能够阻止他杀他想杀的人。而事实也是这样，我给了他象牙。我在乎什么呢！但我没离开。不，没有。我不能离开他。当然，我要小心点，直到过一段时间我们又交好。然后他病了第二次。后来，我不得不让路，但我不介意。他大部分时间住在湖上的那些村子里。当他到河边来的时候，有时他要来找我，有时我还得小心点。这个人遭遇太多，他恨这里的一切，不知为什么他无法逃避。当我一有机会，就恳求他有时间尽量离开这里；我可以跟他一起回去。而他会说好吧，随后他就留下来；又去狩猎象牙了，消失几个星期。在这些人中把自己忘掉——忘掉自己——你知道。''为什么！他疯了。'我说。他愤怒地抗议着。库尔兹先生不会疯。如果我听到他谈话，仅仅两天前，我不敢暗示这样一件事。……说话时我拿起了我的双筒望远镜看着岸上，扫视着每一侧树林边界和房子后面。感觉那里有人在那灌木丛中，如此寂静、如此沉默——如山上荒废的房子一般的寂静，沉默——令我不安。没有迹象表明这个惊异的故事本来的面目不像暗示给我的那样，在一片孤寂的惊叫中，以耸肩结束，用断断续续的词汇，以深深的叹气为结尾。树林一动不动，像一个遮蔽——凝重，如同一所监狱关闭的大门——它们用一副深藏不露的样子凝视着，耐心地期盼，无与伦比的静默。俄罗斯人向我解释说，最近库尔兹先生刚刚来河边，随行带来了那个湖边所有的部落战士。

他消失了几个月——让自己被仰慕，我设想——随后出其不意地到来，想在所有出现的地方，穿过河水或顺着水流来一次袭击。显然想要更多的象牙的愿望战胜了——我该说什么呢？——更少的物质渴求。然而他突然糟糕起来。'我听说他正无助地躺在那里，因此我来了——尝试运气。'俄罗斯人说。'噢，他很糟糕，很糟糕。'我把我的望远镜对准那间房子。没有生命的迹象，但是有毁坏的屋顶，长长的泥墙在草上，现出三个方形的小窗洞，没有两个是相同的尺寸；所有这些近在咫尺，仿佛就在眼前。随后我做出了一个唐突的动作，消失的栅栏所剩下的其中一个木桩跃入我的镜片。记得我告诉过你们，我一直被远处某种装饰品的冲击所打动，在这片荒废的地方实在不同凡响，现在我靠近一看，首先的答案使我回过头来，如同在一次攻击之前。接着我仔细地一个木桩一个木桩用我的望远镜查看，于是我发现了自己的错误。这些圆的球状物不是装饰而是具有象征意义的。它们是有表情的，而且是令人困惑、摄人魂魄并令人不安的——既是精神食粮又是秃鹰的食物，如果有从天空俯瞰的话，但那根本就是给如蚂蚁一样足够勤勉的东西来爬上杆子的食物。如果它们的脸没有转向房子的话，那些桩子上的头颅，甚至更令人望而生畏。只有一个，我认出的第一个，面向我来时的路。我并没有如你们想象的那样震惊。我的起身返回只不过是一种惊诧的举动。我还以为会看到一个木制的球状物，你们知道。我特意转身到第一个看到的——它还在那里，那是一个黑色的、干枯的、凹陷的、眼睑闭着的——仿佛睡在木桩顶上的一颗头颅，缩拢的干瘪嘴唇显出一排窄窄的白色牙齿，还在笑，不停地笑，在沉睡中做着某种无尽的、诙谐的长眠之梦。

"我没有透露任何贸易秘密。事实上，经理后来说库尔兹先生的做法已经破坏了这个地区。对于这一点我没发表意见，但我想清楚地让你们理解这些头颅放在那儿真是没有什么裨益的。它们仅仅表明库尔兹先生对各种欲望的满足缺乏控制力。他内心深处有一些想要的东西——一些少许的物质，当这个迫切的需求上升时，不能在他出色的雄辩中找到。我说不出他是否了解自己的这一缺陷。我想在最后的时刻他明白——仅在最后的时刻。但荒野早就看穿了他，并向他呈现出对于疯狂入侵的恐怖复仇。我想它已经向他低语一些关于他个人他所未知的事情，一些他毫无概念的东西，直到他在极度的孤寂中与之交流——这低语证明对他具有不可抗拒的诱惑力。它在他体内大声地回响，因为他是中空的……我放下望远镜，那个足够靠近能对话的头似乎立刻转开，移到看不见的远处。

"那位库尔兹先生的崇拜者有一点沮丧。在一种急促的、模糊的声音中，他使我确信他不敢把这些——象征们——拿下来。他不怕这些当地人，直到库尔兹先生发令他们才动。他的权威是至高无上的。这些人的棚子围着这个地方，族长们每天来此看望他。他们要爬着走……
'我不想知道接近库尔兹先生时仪式的任何事情。'我嚷
道。奇怪的是，这样一种感觉在我的脑海中萦绕，这些
细节将比在库尔兹先生窗下木桩上那些干枯的头颅还要
让人无法忍受。毕竟，那只不过是一种野蛮的视像，而
我仿佛一下子被带到某个隐伏的恐怖的黑暗地带，那里
纯粹的、简单的野性真的是一种安慰，是某种有权力存
在下去的东西——显然——在阳光下。这个年轻人惊讶地
看着我。我猜想他从来没有想到库尔兹先生不是我的偶
像。他忘记了我没有听过如此辉煌的独白，关于什么呢？
关于爱、正义、生活准则或者其他种种。如果提到在库
尔兹先生面前爬，他会如所有他们中最野蛮的一个一样
爬。我对这种情况毫无主张，他说：这些人头是叛乱者
的头颅。我的笑使他极度震惊。叛乱者！我要听到的下
一个定义是什么呢？有敌人、罪犯、工人——而这些是
叛乱者。那些叛乱者的头颅在木桩上，在我看来是被制

服的。'你不知道这样的生活如何折磨一个像库尔兹那样的人。'库尔兹的最后一个信徒哭诉着。'你呢？'我问。'我！我！我是一个简单的人。我没有什么伟大的思想。我不想要别人的任何东西。你怎么能把我和……比较？'他情绪激动得不能说话，突然瘫倒下去。'我不明白，'他叹息着，'我尽了自己最大的努力使他活着，那就足够了。所有这一切与我无关，我没有能力。这里几个月没有一滴药或一口病人能吃的食品。他被遗弃了，很不体面。像这样一个人，拥有如此主张。惭愧！惭愧！我——最近十个晚上都没合眼了……'

"在平静的夜晚，他失声了。我们说话间长长的森林的树影已滑落到山下，远远地越过了荒废的茅舍，越过了这一排象征性的木桩。一切都笼罩在昏暗中，我们下来走到那里时还有阳光，并进的河水延展着，在一片静谧和炫目的光中清晰地闪烁着，上上下下一片朦胧、昏暗、弯弯曲曲。岸上看不到一个生灵。灌木丛没有发出沙沙声。

　　"突然，在房屋的拐角处出现一群人，他们仿佛从地
里钻出来。他们在齐腰深的草间跋涉，密密麻麻的一片，
当中撑着一副临时的担架。瞬间，在空地上，响起了一
片喊声，尖锐刺耳，穿透静寂的空气，像一支锐利的箭，
一直飞入地心；如同魔法一般，人流——赤裸的人——手
持长矛，身带弯弓、盾牌，眼睛闪烁着凶光，动作粗野，
从黑暗而阴郁的树林拥入了这片空地。灌木丛摇动着，
草摆了一段时间，随后一切在一片宁静中戛然而止。

　　"'目前，如果他不对他们说适当的指令，我们都得
完蛋。'站在我的胳膊肘旁的俄罗斯人说道。一小群带着
担架的人也停了下来，在离汽船一半的路上，仿佛僵化
了。我看到担架上的人坐起来，瘦瘦长长的，举起一只
手臂，高过抬担架人的肩膀。'让我们盼望这个平时讲爱
如此美好的男人这一次能够找出一些特别的理由来赦免
我们吧！'我说。我非常憎恶我们身处荒谬的险境，仿佛

任凭那个残暴的幽灵摆布,是一种蒙羞的必要。我不能听到一点声音,但透过望远镜,我看到了那条细细的手臂有力地伸展,低低的下巴在动,那个幽灵的眼睛在他瘦削的头骨上远远地发着暗光,那骷髅点着头,怪诞地抽搐着。库尔兹——库尔兹——德文意味着短暂——不是吗?然而,这个名字与他生命中的任何其他事物是如此相像——还有死亡。他看起来至少7英尺高。他身上的覆盖物滑落下来,身体从裹尸布般的东西下露出来,既可怜又惊悚。我能看到整个肋骨都在动,瘦骨嶙峋的手臂在挥舞。那仿佛是一个活生生的由象牙刻成的死亡雕像,对一群一动不动的、黑黑的、闪着古铜色光的人威吓地挥着手。我看到他张大的嘴巴——样子古怪,贪婪,大口地吞咽着,仿佛他想吞掉所有的空气、所有的土地和面前所有的人。一个低沉的声音微弱地传到我这里,他一定一直在喊。他突然向后退了一下。当抬担架的人再一次蹒跚向前的时候,担架晃动着,而几乎在同时,我发现荒野的人群没有任何可察觉的撤退动作却消失了，仿佛是森林驱逐了这些人，然后又吸了一口气，突然将他们拉了回去。

"一些朝圣者跟在担架后面，扛着他的武器——两杆猎枪，一挺重型步枪，一支轻型左轮卡宾枪——那可怜的朱庇特的雷电。经理走到他头边，俯身向他低语。他们把他放在了其中的一个小舱房里——仅够一个床位和一两个折椅的地方，你们知道。我们带来了他过期的信函，还有许多撕开的信封以及乱丢在他床上、打开的信件。他的手无力地游走在这些纸张中。我惊诧于他的目光和平静而无精打采的表情。那不是因疾病而极度地筋疲力尽，他仿佛并不痛苦。这个幽灵看起来非常满足和平静，仿佛此刻他充满了各种一切情感。

"他沙沙地翻开其中一封信，直视着我的脸说：'我很高兴。'有人一直写信给他，告诉他关于我的事。这些特别的推荐信又一次出现。他发出的音量毫不费力，几乎没有劳烦动一动唇，这使我愕然。一个声音！一个声音！它是濒死的、深重的、摄人魂魄的，然而这个人似乎不能低语。但是，他有足够的内力——毫无疑问是矫饰的——这几乎能使我们全部丧命，如你们马上听到的。

"经理静静地出现在门口，我立刻走出来，他在我身后提起了窗帘。俄罗斯人，被朝圣者们好奇地看着，正凝视着海边。我追随着他目光的方向。

"远处可以看到暗黑的人影，朦胧地移动在阴郁的森林边，河流附近有两个古铜色的身影，倚在长矛上，伫立在阳光下，头戴怪异的斑驳的兽皮头巾，英勇的，静静的，在那里如雕像般的静止。从右到左，沿着发光的河岸移动着一个野性的、华丽的女性的幻影。

"她踱着步走来，身着条状的带流苏的织物，骄傲地踏着土地，带着有些叮当作响、闪着光的、原始的饰品。她高昂着头，头发弄成钢盔状；她有着到膝盖的黄铜绑腿，到臂弯的铜丝金属护手，茶色的脸颊上泛着暗红的血晕，脖子上戴着数不清的玻璃珠子制成的项链；奇异的东西，护身符，巫师的礼物，披挂在她身上，闪着光，每走一步都在震颤着。在她身上戴的东西一定有几只象牙的价值。她是未开化的、华丽的，拥有野性的双眼，非常高贵；她从容的脚步中带有一种不祥与堂皇。一阵缄默突然降临在整片悲伤的土地上，这巨大的荒野，异常旺盛而神秘的生命体似乎在注视着她，忧郁，仿佛它一直在注视着它自身阴郁的、易怒的灵魂的肖像。

"她来到汽船边，静静地站着，面对着我们。纤细的身影落入水边。她处于极度的悲伤及无声的痛苦之中，脸上带有悲剧的、暴怒的样子，并夹杂着对某种焦灼的、尚未做出的决定的恐惧。她一动不动地站在那儿看着我们，如同荒野本身，带有一种对不可名状的意图的冥想。整整一分钟过去了，然后她向前一步。有低低的叮当声，黄色的金属闪着光，带有流苏的织物摆动着，她停下来，仿佛她的心使她驻足。我身边的年轻人咆哮着，朝圣者在我的背后低语着。她看着我们所有人，仿佛她的生命取决于那矢志不渝的目光。突然，她张开了赤裸的双臂，坚定地举过头顶，仿佛有一种无法控制的欲望要触碰天际，与此同时，迅速聚集过来的身影投射到地面，在河水中拂过，将汽船聚拢在一片阴暗的环抱中。一片可怕的寂静笼罩在这里。

"她慢慢地转身，继续向前走去，沿着河岸，穿过丛林，移向左边。她消失前，回眸望了我们一眼，只有她的眼睛闪现在灌木丛中的黄昏里。

"'如果她要上船，我真的想努力射杀她，'穿补丁衣服的男子紧张地说道，'最近两个星期，我每天都冒着生命危险不让她走进屋子。有一天她进来了，拾起了一堆拙劣的破布，我在储藏室里拣来用来补衣服的。我不太得体。至少当时一定是那样，因为她像一个暴怒者，吼了库尔兹一小时，不时地指着我。我不理解这个部落的土话。对于我来说，幸运的是，我想库尔兹那天病得太厉害，以致对此漠不关心，否则就有麻烦了。我不理解。……不——对我来说太过分了。哈，好了，现在一切都结束了。'

"此刻我听到窗帘后库尔兹低沉的声音：'救我！——你的意思是救出象牙吧。不要告诉我。救我！为什么，我已不得不救出了你。你在打断我的计划。疾病！疾病！并不像你认为的那样严重，不用介意。我还要实行我的主张——我会回来。我会向你表明我们可以做些什么。你和你那些无关紧要的观念——你在打扰我，我要回来，我……'

"经理出来了。我有幸让他抓住胳膊，把我领到一边。'他很糟，很糟。'他说。他认为有必要叹息，但忽略了要持续地悲伤。'我们做了一切能为他做的——不是吗？但无法掩饰这个事实，库尔兹先生对公司造成的危害比贡献多。他没有看到时机还不成熟，不能采取强硬

/ 140 /

措施。谨慎，谨慎——那是我的原则。我们必须更加谨慎。这个区有一段时间对我们关闭。惨烈啊！总体来看，贸易会亏损的。我不否认有大量的象牙——大多数是化石。我们必须救出它，无论如何——但看看这情形多危险啊——为什么？因为这种方法是错误的。'你，'我说，看看岸边，'称它为"错误的方法"？'毫无疑问，'他喊着，很激动，'你不这么想吗？'……'根本没什么方法。'过了一会儿我低声说道。'对极了，'他欣喜，'我预料到了。这表明完全缺乏判断力。我有责任在合适的时候指出它来。''噢，'我说，'那家伙——他叫什么名字？——那个制砖人，会给你写一份清楚的报告。'片刻间，他显得有些困惑。在我看来，我从未呼吸过如此龌龊的空气，而我的内心转向库尔兹以求解脱——真的是为了解脱。'然而我认为库尔兹先生是一个了不起的人。'我加强语气说。他吃了一惊向我投来冷冷的一瞥，很平和地说：'他曾经是。'后背转向我。我走运的时刻结束了；我发现自己与库尔兹站在一起，成为时机不成熟的方法的卫道士：我是错误的！啊！但它至少拥有一种对于噩梦的选择。

"我转向的其实是荒野，不是库尔兹，我要承认，他实际上被埋葬了。片刻间，我感觉自己也被埋入了充满说不出口的秘密的巨大坟墓中。我觉得一种无法忍受的重量压在我的胸口上，潮湿的泥土的味道，无形的凯旋的腐朽的存在，无法穿透的夜的黑暗。俄罗斯人拍拍我的肩膀。我听到他喃喃地结结巴巴地说什么'海员兄弟——不能隐瞒——所知道的会影响库尔兹先生的声誉的事情。'我等了等。对于他来说，显然库尔兹先生不在他的坟墓；我猜测，对于他来说，库尔兹先生是不朽者中的一个。'好吧！'最后我说道，'讲出来。来龙去脉，我是库尔兹先生的朋友——某种程度上。'

"他郑重其事地声明，如果我们不是'相同职业'，他将把事情隐藏在自己那里，毫不考虑后果。'他怀疑一些白人对他有一种强烈的敌意——''你是对的，'我说，记起了某个无意中听到的对话，'经理认为你应该被吊死。'他表现出对这一信息的担心，开始我觉得好笑。'我最好悄悄地避开这条路，'他认真地说，'我现在不能再为库尔兹做什么了，而他们很快会找到一些借口。什么能阻止他们呢？离这儿300英里有一个军哨。''好吧，听我的，'我说，'如果你在附近的野人中有任何的朋友，最好逃跑。''许多，'他说，'他们是简单的人——而我什么都不要，你知道。'他站在那儿，咬着唇，随后说：'我不想对这里的这些白人有任何伤害，但当然我在考虑库尔兹先生的声誉——而你是一个海员兄弟——''好吧，'过了一会儿，我说，'库尔兹先生的声誉在我这里很安全。'我不知道我说得有多真切。

　　"他压低声音告诉我，是库尔兹命令进攻汽船。'他有时一想到被人带走，就感到厌恶——而后再一次。……但我不理解这些事情。我是一个简单的人。他认为那会把你们吓跑——你们会不再找他，认为他死了。我不能阻止他。噢，上个月末，我有一段时间对此感到很痛苦。'‘很好！’我说，‘他现在好了。’‘是，是。’他含糊地说，虽然不是很有信心。‘谢谢！’我说，‘我会留意的。’‘但你不要声张——行吗？’他焦急地强调。‘如果有人在这儿——对他的声誉不好。’我郑重地承诺绝对地谨慎。‘我有一只独木舟和三个黑人在不远处等着我。我走了。你能给我几颗马蒂尼－亨利步枪的子弹吗？’我能做到并照办了，绝对保密。他向我眨眨眼，自己动手拿了一捧我的烟叶。‘水手之间——你知道——很棒的英国烟草。’在驾驶室门口，他转过身——‘我说，你有没有多余的一双鞋子？’他抬起一条腿，‘看。’鞋底用打结的绳子在他光着的脚上系成凉鞋的样子。我找出一双旧的，他羡慕地看看，然后把它夹在左胳膊底下。他的一只口袋（亮红色）鼓鼓的，是子弹，另一只（深蓝色）隐约可见‘陶森的探究’等。他似乎认为自己装备精良，可以重新进入荒野。'啊！我将再也，再也遇不到这样一个人了。你真应该听到他背诵诗歌——也是他自己写的，他告诉我。诗歌！'他转动着眼睛重新想起这些快乐的事情。'噢，他开阔了我的眼界！''再见。'我说。他和我握了握手，消失在夜色中。有时候我会问自己，是否我真的曾经见过他——是否有可能遇见这样一个奇迹！……

　　"我在午夜后不久醒来，他的警告回响在我的耳际，暗示着危险，仿佛在星斗闪烁的黑暗中，这足够真实，以致让我起身为此向周围望了一望。山上一大堆火烧着，若隐若现地照亮了一个转弯处的哨所的角落。一个代理人带着我们的几个黑人，哨兵全副武装，目的是看守象牙，但在树林深处，红色的微光摇曳着，从地面上起起伏伏，在一片混沌漆黑的柱形物上，显现出库尔兹崇拜者所在的帐篷他们正紧张戒备。一个大鼓单调的击鼓的声音使空气中充斥着低沉的冲击声和久久不去的震撼。许多人分别对自己念诵一些不可思议的咒语，从黑色的、平直的防护林中传出不断的低鸣声，如同来自蜂箱里嗡嗡作响的蜜蜂，在我半醒的感觉中，有一种奇怪的镇静作用。我想是倚在栏杆上打瞌睡了，直到突然爆发出喊叫声，一种被压抑的、神秘的、狂怒的、不可抗拒的爆发，使我在一片迷惑的惊愕中醒来。它立即被打断，低低的嗡鸣声在继续，使人听到一种安抚的寂静。我不经意地瞥了一眼小屋。里面亮起了一盏灯，但库尔兹先生不在那儿。

"我认为如果相信眼睛的话，我会叫出来的。但我开始不相信它们——事情似乎不大可能。事实是我被一种全然的、空洞的惊骇，纯粹的、抽象的恐怖，与任何带有明显形状的有形危险无关的东西弄得彻底焦躁不安。使这种情绪如此不可抗拒的原因是——我将如何定义它？——我所受到的道德冲击，仿佛是一些对于思想完全荒谬的，不可容忍的，对于灵魂可憎的事物，一直被出乎意料强加给我。当然这仅仅持续了瞬间，随后便是通常的感觉，致命的危险，突然袭击和屠杀的可能，或者类似的东西，在我看来是随时发生的，被欣然接受并起到镇静作用。它如此安抚着我，事实上，我并没有产生警觉。

"有一个身着阿尔斯特外衣，衣领系得紧紧的代理人，睡在甲板上的一张椅子里，离我 3 英尺以内。喊叫声没有惊醒他，他轻轻地打着鼾。我让他一个人睡，自己跳到岸边。我没有背叛库尔兹先生——这是命令，我将永不背叛他——我应忠实于自己选择的噩梦，它被写成书面。我渴望自己单独处理这个影子，到今天我还不知道我为什么如此小心翼翼地与人分享那段鲜有的黑暗的经历。

"我一上岸就看见了一条小路——草地上一条宽宽的小路。我记得我得意地对自己说：'他不能走路——他用四肢爬——我已经俘获他了。'草上有湿漉漉的水珠。我握紧拳头，快速阔步走去。我想象我有某种模糊的概念，进攻并揍他一顿。我不知道。我的想法似乎很愚蠢。那个织着衣抱着猫的老女人和那只猫闯入了我的记忆，作为一个最不恰当的人正坐在事端的另一头。我看到一行朝圣者向空中喷射着铅弹，出自放在胯上的温切斯特步枪。我想我将再也回不到汽船上了，并想象自己一个人，没有武装地居住在史前的树林里。这样愚蠢的想法——你知道。我将击鼓声与心跳声混淆在一起，并满足于它平静的节奏。

"然而我一直走在这条路上，随后停下来倾听。夜晚十分晴朗：深蓝色的天空，闪着露水和星光，其间黑色物体静立不动。我想我可能看到前面有什么动静。奇怪的是我对那晚的每一件事都很确信。实际上我离开了那条路，并跑了一个宽宽的半圆形（我真的以为在对自己发笑），以便我所看到的动静之前到达——如果我真的看到了任何东西。我绕着库尔兹走，仿佛它是一个儿童游戏。

"我遇到了他，而如果他没有听到我进来，我可能也会被绊倒，但他及时起来了。他起身，摇摇晃晃地，瘦长的、苍白的，看不大清，仿佛大地上蒸发的一股水汽，轻轻地摇摆着，在我面前模糊而静寂。而在我身后的树木间，火光若隐若现，从树林中发出许多低语的声音。我聪明地截住了他，但当真正面对他时我似乎感觉，我看到了相当的危险。这危险根本没有结束。假设他开始喊叫怎么办？尽管他几乎不能站起来，在他的声音中仍有许多力量。'走开——把自己藏起来。'他说，以那种深沉的语气。那是很可怕的。我向后瞥了一眼，最近的火堆离我们30码以内。一个黑影站起来，长长的黑腿大步走着，挥舞着黑色的胳膊，穿过火光。他有号角——我想是羚羊角——在他的头上。某个男巫、法师，毫无疑问，他看起来很像魔鬼。'你知道你在做什么吗？'我小声问。'很清楚。'他回答，说这几个字时提高了声音，在我听来离我很远而声音很大，如同通过扩音器的高呼。'如果他吵闹，我们就都输了。'我自己想着。这显然不是拳击的场合，甚至且不说我本身不愿意痛打那个影子——这个久久不去的折磨人的东西。'你会输的，'我说——'彻底输掉。'有的时候人的灵光一现，你知道。我确实说了对的事情，尽管此刻他真的再也不能不可挽回地丢失什么了，当我们的亲密基础正在奠定——忍耐——忍耐——即使到最后——即使到更远处。

　　"'我有着宏伟的计划。'他犹豫不决、含糊其词地说道。'是的，'我说，'但如果你试图喊，我会——砸碎你的头——'附近没有一根棍子或一块石头。'我干脆扼死你。'我纠正自己说。'我即将经历了不起的事情。'他辩解道，带着一种渴求的声音和语气，使我的血都变冷了。'而现在对于这个愚蠢的无赖——''你的成功在欧洲无论如何是被肯定的。'我肯定地说。我不想掐死他，你们明白——实际上这对实际目的几乎没有一点用处。我努力打破这段时间——荒野的沉重和缄默——那似乎把他拉入那毫无怜悯的情绪之中，通过唤醒被遗忘的兽性的本能，通过对被满足的荒谬的热情的回忆。光这一点，我确信，驱使他走向森林之边，来到灌木丛中，朝着火光、悸动的鼓声、怪异的咒语的嗡鸣声走去；单这一点诱使他非法的灵魂，超越了许可的愿望界限。而你们没看见吗？恐怖的形势不在于敲碎脑袋——尽管我也有一种非常真实的那种危险的感觉——但此时，我不得不对付一个我不能以任何高低名义诉诸的人。我不得不像这些黑人一样，祈求他——他本身的、自负的、难以置信的堕落。没有什么比他高贵或卑微，我知道这一点。他已经把自己踢出了地球。使人讨厌的人！他把这个地球踢成了碎片。他一个人，而在他面前我不知道我是在地上还是飘在空中。我一直在告诉你们我们说的话——重复我们说的词句，——但有什么用呢？它们是普通的日常用语，——每一个醒着的日子都在交流的熟悉而模糊的声音。但那是什么？在我看来，它藏在他们身后，是在梦中听到的可怕的暗示性的语言，噩梦中讲出的词汇。灵魂！如果有人曾经与灵魂抗争，我就是那个人。我也不是在与疯子争辩，不管你们是否相信，他非常理智——全神贯注于自身，真的，可怕的以自我为中心，然而很清醒；那是我唯一的机会——当然，除非在那杀死他，但这样做不好，因为不可避免的声音。但是他的灵魂疯了。一个人在荒野，经过灵魂自醒，上帝！我告诉你，他的灵魂疯掉了。我——想必是自作自受，经历折磨，亲自窥视他的灵魂。在他最后吐露真言时，没有什么言辞能使人类如此失去信心。他也在与自己抗争着。我看得出，听得到。我看到了一个灵魂不可思议之谜——不懂得控制，没有忠诚，没有恐惧，而盲目地与自己抗争。我保持头脑十分清醒，但当最终让他仰在长沙发上时，我擦了擦前额，然而我的腿在身下抖，仿佛扛了半吨的东西在背上下山。而我仅是撑着他，他皮包骨的胳膊紧紧绕在我的脖子上——他比一个孩子重不了多少。

"第二天，我们中午离开时，人群，在树木的屏蔽后出现，我一直都很清楚，他们又一次拥出来，填满了空地，覆盖着山坡，一群赤裸的、呼吸着的、颤抖的、古铜色的身体。我拉了拉汽笛，向下游摆了摆，两千只眼睛望着飞溅重击的水流，强烈的水势击打着水花，带着它可怕的尾巴和呼出的黑烟进入空气。沿河在第一排的前面，三个男人，从头到脚涂着亮红色的泥巴，不停地、来来回回地、趾高气扬地走。当我们再一次并肩，他们面朝河水，跺着脚，点着他们装着角的头，摆着他们鲜红色的身体；他们向着汹涌的水势摇着一串黑羽毛，一块污秽的兽皮带着一条下垂的尾巴——看起来像一个干葫芦似的东西；他们一齐间歇地喊着一连串的令人诧异的话语，不像任何人类的语言；人群的低语声，突然间被打断，像对某个魔鬼的祷告的回应。

"我们已经把库尔兹带进了驾驶舱——那里空气更多一点。躺在长沙发上，他透过打开的百叶窗凝视着。人群中出现了一个旋涡，头发如钢的、有着褐色脸颊的女人冲向水流的这一边。她伸出双手，喊着什么，所有的荒野的野蛮人开始齐声吼叫着，连续地、快速地、不停息地发声。

"'你明白这是什么意思吗？'我问道。

"他继续越过我朝外看着，眼神炽烈而渴望；混杂着伤感和憎恶。他没有作答，但我看到了一丝微笑，一丝难以捉摸的微笑，出现在他苍白的嘴唇上，片刻之后痉挛地抽搐了一下。'我会听不懂？'他慢慢地说，喘着气，仿佛这些话出自他体内的一种超自然力。

"我拉动了汽笛绳子，我做这一点是因为我看到甲板上的朝圣者拿出他们的步枪，仿佛等待着一只快乐的云雀。在突然的尖叫声中，有一种绝望的、恐怖的骚动透过那个楔入的人群。'不要！你不要把他们吓跑。'甲板上有人凄楚地说。我一次又一次地拉汽笛绳子。他们停下来，开始逃跑，跳着，蜷伏着，背离着，躲闪着飞来的恐怖之声。那三个红色的家伙倒下了，放平了身体，脸朝着沙滩，仿佛被枪击而死。只有那个野性的华丽的女人没有什么畏惧，悲剧般地在我们身后伸展着赤裸的手臂，在阴郁的粼粼发光的河水之上。

"随后那些低能的人群在下面的甲板上开始他们的小玩笑，除了烟我什么都看不到。

"棕色的水流快速地从黑暗中心涌出，以来时两倍的速度载着我们冲向海洋；库尔兹的生命也在快速地运行着，从他的心脏退却着，退却着，到一成不变的海洋时空中。经理非常平静，他现在没有必要担心了，他对我们两个意味深长地一瞥：这一'事件'表现得和希望一样的好。我看到了我被单独放入'错误方法'的团体中。朝圣者们不满地看着我。可以说，我被列入死者的行列了。很奇怪我是如何介入的这个无法预料的伙伴关系，迫使我在这片黑暗的土地上，由于这些卑鄙贪婪的幻影被迫做出噩梦般的选择。

"库尔兹开口了。一个声音！一个声音！直到最后一刻它都很深入人心。他留存的力量掩藏在那出色的雄辩笼罩之下，他黑暗而空洞的心中。噢，他抗争着！抗争着！他无用的、疲倦的大脑此刻萦绕着幻影——围绕着他的不可泯灭的贵族的高尚的表达，诌媚地，对财富和声誉的想象。我的未婚妻，我的贸易站，我的生涯，我的主张——这些是偶然表达的一些严肃情感的主题。原来的库尔兹的影子经常出现在这个中空的骗子的床边，他的命运是要被马上埋入这片发霉的原始土地中。但不管是残忍的爱还是神秘可怕的憎恶，他为拥有满足原始情感的灵魂、贪欲不真实的声誉和一切成功和权力的表现而付诸一战。

"有时候他幼稚得可耻。他想让国王在火车站迎接他，在他从某个可怕的地方回来时，在那儿他有意完成了了不起的事情。'你向他们表明在你身上有真正有利可图的东西，随后就会对你的能力无限的认可，'他会说，

'当然你必须小心动机——正确的动机——一直。'长长的河段像是相同的一个，单调地弯弯曲曲简直就是一模一样，划过了汽船，许许多多的百年树木耐心地目送着另一个世界的这一污秽的破船，它是变革、征服、贸易、屠戮、赐福的先驱。我向前看着——导航着。'关掉百叶窗，'一天库尔兹突然说道，'看到这些我无法忍受。'我照做了。静默。'噢，但我还是要使你们心力交瘁！'他对着无形的荒野喊着。

"我们抛锚了——如我所料——不得不在一个岛的岸头停下来修理。这次耽搁是第一件动摇库尔兹信心的事情。一天早上，他给了我一袋文件和一张照片——这些用鞋带系在一起。'替我保管着这些，'他说道，'这个讨厌的白痴（指经理）在我没看见时会撬开我的盒子。'下午我看了看他。他仰面躺着，闭着双眼，我安静地走开，但听到他低语：'正确地生存，死亡，死亡……'我听着，没有其他了。他是在他的睡眠中预演着某个演讲，

或者是一些报纸上语句的一段？他一直在给报纸撰稿，并想再一次这样做，'为了使我的想法进一步推进，这是责任。'

"他的一切是一种不可穿透的黑暗。我看着他，犹如你在端详着一个躺在绝壁底下的人一样，那里阳光从未照射过。但我没有很多时间给他，因为我在帮助机动驾驶员拆卸泄漏的汽缸的零件修补，校直一根弯曲的连接杆，以及其他类似的事情。我住在一个混杂着铁锈、锉屑、螺母、螺钉、扳手、锤子、棘轮钻子的鬼地方——我憎恶这些东西，因为我用起来不顺手。我照管这个小小的铁工厂，船上幸好有这些；在一个破烂不堪的废料堆里我辛苦劳作——除非抖得太厉害，站不起来了。

"一天晚上，我拿着一根蜡烛走进屋，吃惊地听到他颤抖地说了几句：'我躺在这黑暗之中等待死亡。'烛光离他的眼睛不到一英尺。我强迫自己低语：'噢，胡说！'并看护着他，仿佛惊呆了。

"我先前从未看到任何近乎改变在他脸上，并希望再也看不到。噢，我不是被打动。我是痴迷了。它犹如一块面纱被揭开。我看到那张象牙般的脸上的表情忧郁而自豪，无情而威慑，怯懦的恐惧以及一种强烈的不可救药的绝望。他又一次重温了他生命中的欲望，诱惑的每一个细节，并于完全了解的最终时刻屈服了吗？在某个幻影中、某个想象中低声地喊着，他叫了两次，一种等同于呼吸的叫喊——

　　"'恐怖！恐怖！'

　　"我吹熄了烛火，离开了船舱。朝圣者们在乱糟糟的屋子里吃饭，我坐在经理对面，他抬眼质疑地看了我一下，我成功地避开了。他向后倚着，很平静，带着他那种特有的微笑，掩藏着他暗暗的、深深的卑鄙。接连不断的小苍蝇拥到灯上、布料上，甚至我们的手上、脸上。突然间，经理的男童在门口露出他那傲慢无礼的黑色的头，带着贬损轻蔑的语气说——

"'库尔兹先生——他死了。'

"所有的朝圣者都冲出去看。我留在那里，继续吃着饭。我确信自己被认为是残酷无情的。然而，我吃的并不多。那儿有一盏灯——亮着，你们知道吗——而外面是如此极度的黑暗。我不再走近这个杰出的人物，他宣布着对自己在这片土地上的心路历程的判断。这个声音消失了。那儿还有什么呢？但我当然知道第二天朝圣者们就会在一个泥洞里埋葬这个重要的人。

"而后他们几乎把我埋了。

"然而，如你们所见，我那时在那里没有加入库尔兹，我没有。我一直做噩梦，试图到最后，来再一次表明我对库尔兹的忠诚。命运，我的命运！生活真好笑——为了一个无用的意图而有的那种无情逻辑的神秘安排。从中你能拥有的最大希冀就是对自己的一些了解——它来得很晚——一种不可泯灭的、遗憾的收获。我曾与死亡抗争。它是你能想象的最乏味的竞技。它发生在一种难以理解的灰暗之中，脚下，四周，没有任何东西，没有观众，没有喧嚣，没有荣耀，没有对胜利的远大理想，没有对失败的巨大恐惧，在一片温和的怀疑主义的病态氛围中，没有对你个人权力的众多信念，对于对手的也是少之又少。如果这就是最终智慧的形式，那么生活比我们中有些人想的更是一个谜。我只有毫发般微小的最后申辩机会，并且发现自己很耻辱，可能将没有什么可说。这就是为什么我断言库尔兹是一个了不起的人。他有话要说，他说出了它。由于我窥视了自己的能力，我更加理解他盯视的意义，虽然看不到烛火的光芒，但足以拥抱整个宇宙，足以刺穿所有黑暗中跃动的心灵。他综述，他判断——'恐怖！'他是一个了不起的人。毕竟，这是某种信念的表达；他坦率，他坚定，他的低语中有一种振聋发聩的反抗痕迹，有着略见一斑的真实，令人吃惊的脸——意图和憎恶的光怪的混杂。它不是我记得最清楚的个人绝境——一种无形的充满肢体痛苦的灰暗景象，一种对于一切幻灭的漫不经心的轻蔑——甚至是这种痛苦本身。不是！我似乎经历过他的绝境。确实，他跨出了最后一步，他越过了边界，而我被允许收回我踌躇的脚步，可能在这一点上是根本的不同。也许所有的智慧，所有的真理，所有的忠诚，仅仅凝聚成我们跨过无形边界的微不足道的时刻。也许！我愿意把我的结论想成不是漫不经心的轻蔑话语。更进一步的，是他的呼喊，它是一种确定，一种以无数的失败、令人憎恶的恐惧、令人憎恶的满足为代价的道德的胜利。但它是一种胜利！这就是为什么我对库尔兹的忠诚保留到最终，甚至更远，很久以后，当我再一次听到时，不是他个人的声音，而是他投射到我身上的了不起的雄辩，来自水晶之巅般透明的、纯粹的灵魂。

"不，他们没有埋葬我，尽管有一段时间我模糊地记得，带有一种震撼的奇迹，如同经历某种不可思议的世界，其中毫无希望与意图。我发现自己回到了坟墓般的城市，憎恨地看着人们穿过街道，彼此窃取一些财富，吞食着他们声名狼藉的烹调，狂饮着有害健康的啤酒，做着他们无关紧要的愚蠢的梦。他们侵入了我的思想，他们是闯入者，其对生命的了解对于我来说是一种令人愤怒的矫饰，因为我如此确定地感到他们不可能知道我所知道的事情。他们的举止，只不过是普通人在确保完全安全的情况下各行其事的举动，对我来说这是一种冒犯，如同面对不可知的危险时还要愚蠢地令人吃惊地炫耀一般。我没有特别的欲望来启发他们，但我有点难以控制自己不当面嘲笑，对于他们充斥的如此多的愚蠢的价值感。我敢说我当时不是很好。我在街上蹒跚着——有各种各样的事情要处理——在十分令人尊敬的人面前苦楚地露齿而笑。我承认我的行为是不可原谅的，但那些日子，我的体温很少正常。我亲爱的姑妈努力'呵护我恢复体力'，似乎完全与度数无关。不是我的体力需要照顾，而是我的想象需要抚慰。我拿着库尔兹给我的那一捆文件，不知如何正确处理它。我被告知，他的母亲最近去世了，生前一直由他的未婚妻照顾着。一个胡子刮得很干净、带有政府官员的举止、架着金丝边眼镜的人有一天拜访我并询问，而后柔和地施压，关于他乐于为某些‘文件’命名的事情。我并不奇怪，因为我与经理就那儿的问题有过两次争吵。我拒绝交出那个包裹中的最小的碎片，而我对这个戴眼镜的人也采取了同样的态度。他最后暗中恐吓，激烈争辩说公司有权了解关于它的‘领域’的任何微小的信息。而后，他说，‘库尔兹先生对于未开发地区的了解一定是广博的，有独到见解的——由于他出众的才能以及他所处的悲惨境遇，因此——’我向他确定了库尔兹先生的学识，不论多么广博，没有涉及商业或管理问题。随后他换以科学的名义。‘它将是一种不可估量的损失，如果……’我给他那份关于‘镇压野蛮习俗’的报告，附录被撕下来了。他热切地开始看它，最后对它嗤之以鼻。'这不是我们有权得到的东西。'他评论道。'期望不再有什么了，'我说，'只是一些私人信件。'他收回了一些立法议程的威胁，随后我没有再看见他；但另一个家伙，称自己为库尔兹的表亲，两天后出现了，非常急切地要听有关他亲爱的表亲最后时刻的所有细节。无意间他让我知道库尔兹原来还是一名伟大的音乐家。'这铸就了他巨大的成功。'这个人说，我想他是一个风琴手，细长柔软的灰色头发没在油腻的外衣领子上。我没有理由怀疑他的话，到这一天我还不能说出库尔兹的职业，是否他曾经有过任何——他天分中最了不起的东西。我曾把他当作一名为报纸写文章的画家，或者是其他会绘画的记者——但甚至是他的表亲（在面谈中吸鼻烟的）都不能明确告诉我他是做什么的。他是一个全才——在这一点上，我同意这个老家伙的看法，而后他大声地把鼻涕擤在一张大大的棉手帕上，收住因年迈而有的激动，拿走了一些无关紧要的家庭信件和备忘录。最后一个急切想知道他'亲爱的同事'命运的记者出现了。这个拜访者告诉我库尔兹真正的'领域'应该是'服务大众的'政治家。他有着浓密的、直直的眉毛，粗硬的剪得短短的头发，一只眼镜系在宽宽的带子上，并且变得健谈起来，公开说库尔兹真的不是能写一点儿——'但上帝啊！那个人是怎么讲话的！他震惊了规模庞大的集会。他有信念——你没看见吗？——他有信念。他可以使自己相信一切——一切。他可以成为极端政党的杰出领导者。''什么政党？'我问道。'任何政党，'那个人回答，'他是一个——一个——极端分子。'难道我不这么想吗？我同意。突然表现出好奇，他问我是否能知道'是什么诱使他到那里的呢？''是这样。'我说，立即递给他著名的要出版的报告，如果他认为合适的话。他快速浏览了一下，一直在喃喃自语，判断说它会出版的，于是带着战利品离开了。

　　"因此最后我只剩下一小包信件和那个女孩的照片。

她给我留下了很美的印象——我的意思是表情很美。我知道阳光也可以被用来撒谎，然而你会感到无法用阳光的操纵和矫饰来传达那些容颜的微妙的、真实的影像。她似乎准备毫无保留地倾听，没有怀疑，未曾为自己着想。我最后说我要亲自去把她的照片和那些信件还给她。好奇吗？是的，可能还有一些其他的感觉。库尔兹的一切已经从我手里交出：他的灵魂、他的躯体、他的贸易站、他的计划、他的象牙、他的生涯。那里只剩下他的记忆和他的未婚妻——而我有点儿想连那些也放弃，使之成为过去，亲自全部交出他保留下来的东西，忘却——我们共同命运的最终表达。我没有为自己辩护。我对自己需要什么没有清晰的想法。也许这是一种无意识的、忠诚的冲动，或者是成就其中一个隐藏在人类存在事实中的这种讽刺的必要。我不知道，我讲不出，但我去了。

　　"我认为他的记忆与其他逝者的记忆一样，累积着每个人的一生——一种模糊的影像落入人们的脑际，在它们快速一闪而过时；然而在高高的、呆板的大门前面，在一条大街的高大的房屋之间，犹如墓地中整洁的小路一般安静而雅致，我看到了一个幻象，他躺在担架上，张着嘴大口地喘着气，仿佛要吞掉地球上所有的人。当时他在我面前活生生的，他像以往一般活着——一个出色外貌下的贪得无厌的影子，一个比夜幕还要黑暗的影子，在华丽的雄辩遮掩下被高贵地掩藏着。这个幻影似乎与我进入了房间——担架，那些幽灵般的抬担架者，顺从的崇拜者的野蛮人群，幽暗的森林，阴郁的转弯处之间的泛着光的河段，击鼓的声音，规律而低沉，如同跳动的心脏——一颗征服黑暗之心。它是一种对于荒野的凯旋时刻，一种入侵和复仇的冲动，在我看来，我要一个人守候，为了挽救另一个灵魂。我从他那里所听到的记忆在那里遥远地诉说着，号角般地在我背后响起，在炽热的火光中，在隐忍的树林中，那些断断续续的语句回响在我耳畔，在他们不祥的、可怕的愚蠢中再一次被听到。

我记得他凄惨的乞求、绝望的恐吓，他的众多邪恶的意图，他的灵魂卑鄙、折磨，极度的痛苦，而后来我似乎看到了他镇定自若的软弱无力的样子。一天他说：'这些象牙现在真的是我的了。公司并没有支付这部分钱，是我自己冒着很大的风险收集的。然而我唯恐他们要设法收归己有。嗯，这是一个困难的情况。你认为我应该做什么——抵抗？嗯？我只要公正。'……他只要公正——只要公正。在二楼一扇红木门前我按了铃，在我等候期间，他似乎从玻璃嵌板外盯着我——盯视，广漠而无限地盯视拥抱，谴责、厌恶所有的宇宙。我似乎听到了这低声的喊叫：'恐怖！恐怖！'

"夜幕降临了。我不得不在一间高高的客厅等待，从地板到天花板有三面长长的窗子，像三个明亮的被悬挂的纵列。弯弯曲曲的家具镀金的支柱和背脊在朦胧的曲线中闪着光。高高的大理石的壁炉有着清冷的纯白色。一架大钢琴庄严地立在角落里，表面黑亮光滑，犹如一个阴郁的抛光的石。一扇高高的门打开——关闭。我站在那里。

"她走上前来，身着黑衣，面色苍白，在暮色中向我轻轻走来。她在服丧。库尔兹死了一年多了，消息传来一年多了，她看起来似乎要永远纪念和哀悼。她握住我的双手低语道：'我听说你要来。'我注意到她不是很年轻了——我的意思是非少女般的。她有着成熟的忠诚、信念和耐受能力。屋子似乎变得更黑了，仿佛所有的多云的暮色的悲怆之光都投射到她的前额。这金色的头发，苍白的面容，纯净的眉宇，犹如被灰色的光晕围绕着，此间，她黑色的眼睛望着我，目光是诚恳的、深邃的、自信的、可靠的。她有一种悲伤的面容，仿佛对那种痛心感到自豪，仿佛她要说：'我一个人知道如何对他进行他应得的哀悼。'而当我们还在握手时，如此令人敬畏的一种忧伤笼罩在她的脸上，以致于使我感觉她不是时间玩偶那样的人。对于她来说，他似乎昨天刚离世。上帝！

那种印象对于我来说也是如此的震撼，觉得他似乎昨天刚刚离去——不，是此刻。我看到她和他在相同的一个时刻——他的死和她的悲怆——我看到就在他死去的那一刻她的悲怆。你们明白吗？我一并看到了他们，听到了他们。她深深地吸了一口气，说道：'我活下去了。'然而我警醒的耳朵似乎清楚地听到了，混杂着她绝望的遗憾的语气，他总结性的永久性的谴责的低语。我问自己我在那里做了什么，心里有一种恐慌的感觉，仿佛闯入了一个残忍而荒谬的人类不宜目睹的神秘地带。她请我坐在一张椅子上。我们坐下来，我把那个包裹轻轻地放在小桌子上，而后她把手放在它上面。……'你很了解他。'在一阵静寂的哀悼之后，她低声说道。

"'隐私在那里滋生得很快，'我说，'一个人能了解另一个人到怎样的程度，我就怎样了解他。'

"'而你敬慕他，'她说，'认识他就不可能不敬慕他。是吗？'

"'他是一个杰出的人.'我不确定地说。而后在她动人而执着的目光前，仿佛等待我嘴里更多的言辞，我继续说，'不可能不——'

"'爱他.'她热切地结束了，使我陷入一片惊愕的静默之中。'真对！真对！而此刻你会知道没有人如我一般了解他！我对他非常有信心，我最了解他.'

"'你最了解他！'我重复道。也许她是。而随着讲出来的每一个字，屋子变得更加昏暗，只有她的前额，光滑而白皙，一直被不灭的信念和爱慕照耀。

"'你曾经是他的朋友,'她继续说，'他的朋友,'她重复着，声音更大了一些，'你一定是，如果他给你这个，并让你交给我，我觉得我能对你讲——噢！我必须讲出来。我需要你——是你听到了他的遗言——来了解我是配得上他的……这不是自负……是的！我骄傲地认为我比世界上任何人都了解他——他亲自告诉我的。自从他的母亲去世后，我没有人——没有人——去——去——'

"我倾听着。夜渐黑了。我甚至不确定是否他给了我正确的包裹。我怀疑他想让我关照他的另一批信件，在他死后，我看见经理在灯下检查它们。女孩开口了，确信我的同情后缓和了她的痛苦。她淋漓尽致地谈着。我听说她与库尔兹的订婚被家人反对，因为他不够富有或者其他。实际上，我不知道是否他一生都是穷人。他给了我某种理由推论，他对相对贫穷的不耐烦驱使他到那里。

……

"'曾经听过他讲话的人谁又不是他的朋友呢？'她说着，'他召集他们中最好的，把他们集聚到他身边。'她热切地望着我。'这是了不起的天赋。'她继续着，低沉的嗓音仿佛伴随着所有其他的声音，充满神秘、忧伤和悲怆，我曾听到——河水的涟漪，风吹动树木摇摆的飒飒声，人群的低语声，远方回响着令人费解和昏厥的喊叫声，一个来自超越永恒黑暗的界限的低语的声音。'但你听到了他！你知道！'她叫着。

"'是的，我知道。'我说着，内心仿佛有种绝望，但在她的忠诚面前我鞠了一躬，在伟大的拯救的错觉于黑暗中闪烁着不真实的神秘之光之前，在狂欢的阴郁中，我不能保护她——其间我甚至不能保护自己。

"'这对我来说是多么大的损失——对于我们！'——她用令人满意的慷慨纠正了自己，随后加上一句低语，'对世界。'在黄昏的最后一道光线下，我能看到她的双眼闪烁着，充满泪水——没有落下的泪水。

"'我一直很高兴——很幸运——很自豪，'她继续说，'太幸运了。有一段时间很愉悦。而现在我不幸福——终身不幸。'

"她站起身来，秀发似乎抓住了所有熠熠的金色的余晖。我也站了起来。

"'所有的这一切，'她继续哀悼着，'所有的他的承诺，所有的他的伟大，他慷慨的思想，他高贵的心灵，

无一保留——只有记忆。你和我——'

　　"'我们将永远记住他！'我急忙说。

　　"'不！'她哭喊着，'丢掉这一切是不可能的——这样的一个难道会牺牲了一切，只剩下悲伤——不可能。你知道他有着多么宏大的计划。我也知道它们——我不可能理解——但其他人了解它们。有些东西必须保留。他的言语，至少，还没有死。'

　　"'他的言语仍然保留。'我说。

　　"'他的典范，'她对自己低语。'所有人都仰慕他——他的优秀在每一个行为中闪着光。他的典范——'

　　"'对！'我说，'还有他的典范，是的，他的典范。我忘记它了。'

　　"'但我没有。我不能——我不能相信——还不能。我不能相信我将再也见不到他，没有人再见到他了，永远，永远，永远。'

"她张开双臂，仿佛在退后的身影之后，向黑暗伸展，并握紧苍白的双手，穿过窗前退却的窄窄的余晖。再也见不到他了！那时我清清楚楚地看到他。只要我活着就将看到这个雄辩的幻影，我也会看见她，一个可悲而熟悉的身影，这个姿态与另一个像极了，也是悲剧，装饰着无能的符咒，伸展赤裸的褐色的双臂在熠熠闪光的地狱的河流之上，黑暗之流。她突然说，声音很低：'他死了，如同他活着一样。'

　　"'他的结局，'我说，带着一种乏味的恼怒，'在各个方面都是与他的一生相配的。'

　　"'而我没有与他在一起。'她低语着。我的愤怒回落到一种无限的同情。

　　"'能做到的事情都——'我含糊地说。

　　"'唉，但是我比世上任何人都更加信任他——多过他母亲，多过——他自己。他需要我！我！我会珍惜每一

次叹息，每一个字，每一个示意，每一次目光。'

　　"我感到一阵寒意，使胸口一紧。'不要！'我说，压低声音。

　　"'原谅我。我——我——已经在默默地悼念好久了——默默地。……你与他在一起——一直到最后？我考虑过他的孤独。身边没有人如我一般理解他。也许没人听。……'

　　"'直到最后，'我说，发着抖，'我听到了他的遗言。……'我惊恐地停下了。

　　"'重复它们，'她说着，以一种极度伤心的语气，'我想要——我想要——某些东西——某些东西——来——来活下去。'

　　"我几乎对她大叫：'难道你没有听见它们？'黄昏在重复着它们，以一种持续的低语围绕着我们，有如起风时开始的飒飒作响，威胁地膨胀着。'恐怖！恐怖！'

"'他的遗言——来活下去,'她坚持说,'难道你不明白我爱他——我爱他——我爱他!'

"我使自己镇定下来,并慢慢讲道。

"'他发出的最后一个字是——你的名字。'

"我听到了轻轻的叹气声,我的心静默了片刻,随后被一声狂喜的可怕的叫声惊呆,一种无法置信的胜利和不可名状的痛苦呼喊声。'我知道它——我确定!'……她知道,她确定。我听到她的悲泣声,她把脸藏在手中。在我看来,这间房子在我逃跑之前会坍塌,天堂会落在我的头上。但什么也没发生,天堂没有因为这样一件琐事而坠落,我想知道,如果我给予库尔兹那个他值得的公正,天堂是否会坠落?难道他没有说过他只想要公正吗?但我不能。我不能告诉她。它将是极度的黑暗——总之极度的黑暗。……"

马洛停下来,分腿坐着,朦胧而静寂,身体一直维持着一座冥想的佛陀的姿势。有一段时间谁也没动。"我们错过了第一次退潮。"主任突然说。我抬起头。远远延伸的海面被一阵黑云所阻挡，静静的河道通向地球最远的尽头，在昏暗的天空下阴郁地流淌——似乎通向无边的黑暗之心。

结　束